MORI LOG ACADEMY 1

森博嗣

MORI
LOG
ACADEMY
1

装画イラスト／羽海野チカ
ブックデザイン／後藤一敬、佐藤弘子

まえがき

本書『MORI LOG ACADEMY』は、インターネットのブログ、つまり公開日記を印刷物として取りまとめたものである。通常、日記とは日々における個人の行動について記すものだが、僕はあまり行動しない人間で、頭の中だけで考えることの方が多いから、内容的にはエッセィに近いものになっている。日々、そのとき、その場で、感じたこと、思いついたことを書き留める、という随想。もう少し違う表現でいえば、「発想集」のようなものだ。

また、それ以外に、国語、算数、理科、社会、図工、といった小学生の授業を想定したコーナを設け、なんとか考えて書くことにした。蘊蓄を傾けたいというつもりは毛頭なく、ただそうやって限定して、毎日少しだけでも思い出してみよう、それを人に語れるように加工してみよう、という気持ちで始めたものだ。したがって、講義でもなければ、クイズでもなければ、トリビアでも、一口メモでも、ワンポイントアドバイスの類でもない。誤解なきよう。

全体についていえることは、意見を他人に主張しているわけではない、という基本姿勢だと思う。僕が感じたことを書いただけのものだ。これを読んで、もし自分も少しくらい考えてみよう、なにか思い出した、別のことを発想した、という方がいらっしゃったら、その人にとって価値が生じることになるかもしれない。そんな楽観がこれを続ける理由である。

インターネットの日記は、1996年の8月から始めた。同年4月に最初の小説が発行されたことで、ホームページを自分で作った。ファンメールに答えているうちに、同じことを一人一人に何度も書くよりも、もっと効率の良い伝達システムがあるだろう、と考えてのことだった。この日記を書いているうちに、小説やエッセィよりも内容的に価値の多い雑多な発想が得られる、と自己評価したので、すぐに日記を出版することを決意した。2001年12月までこれを続けて、計5冊の本になっている。

もともと、なにかを思いついたときにメモを取るような習慣が僕にはない。小説を書くためのアイデアノートも存在しない。だから、このように日々書き留めることで、拾えるものがあるのだな、と初めて効用に気がついた。僕にとっては新しいメディアだったわけである。

左記の古い日記は、最後の５巻めがこの２月に文庫になった。そして、今回の新しい日記『MORI LOG ACADEMY』が、３月に発行され、以後３カ月おきに順次出版される予定である。計ったように繋がる空中ブランコの「離れ業」みたいだ。

今年の4月でデビューして10年になるけれど、出版社の担当者は部署がかわったり、あるいは会社をかわったりするため、なかなか長くはおつき合いできない。そんななかで、ダ・ヴィンチの稲子氏は、現在、僕の担当者としては最も古い。今回、日記のウェブ連載・出版を始めるにあたって、またも大変なお世話になった。この本が出るのは彼女のおかげである。

2006年2月　森 博嗣

MORI LOG ACADEMY 1

HR

2005年10月1日（土）

ひさしぶりの日記

子供の頃にも日記をつけて続いたためしはなかったし、大人になってもそういった習慣はないのに、インターネットのサイトでかつて日記を始めたら、これが5年も続いて5冊の本になった。今まで書いてきたどの著作よりも、その日記が自分では一番の力作だと思っている。最初から、出版するつもりで書いたから、つまり仕事としてやったから続いたと思う。でも、マンネリを感じて2001年でいったんやめてしまって、そのときは「ああ、もう書かなくて良いのだ」と本当に嬉しかった。きっと、小説をやめたら、同じくらい嬉しいだろう。

さて、日記をもう一度書いてみることにした。今回も仕事として書くし、出版物になる予定だから、続くだろう。前回は、「ネットの日記を本にするなんて」という目で見られたけれど、今では普通になった。もの凄い大勢の人がネットで日記を書いている。いったい読み手はいるのか、と不思議。そういう話はまたそのうちゆっくりと……。

今日は、午前中は一人で出かけてお昼頃戻った。それから3時間ほど工作。そのあと、スバル氏とパスカルと3人でショッピング。夕方はガーデニング。少々肉体疲労。気候が良いのでつい無理をしてしまうのかも。10月に予定していた仕事を9月に前倒しで片づけたので、少しゆったりしている。

まあ、とりあえず、今回は「ですます調」はやめて、簡潔に書くことにした。別に怒っているわけではないので。あと、一人称を「森」で書くか、「僕」で書くかも迷っている。森で書くと、客観的で明快だが、森へ行ったときにややこしくなる。

写真は、いつも小説を書いているガレージ2階の書斎のデスクトップ。ノートパソコンを3台同時に使っているが、そのうち1台は、つい最近、大きなディスプレィを接続した(本体は蓋を閉じ、おもちゃがのっている)。だから、15インチ、17インチ、22インチの3種類になった。このうち、執筆をするメインは一番小さいマシン。

2005年10月2日(日)

シェルティがいっぱい

平和公園でシェルティとコリーのコンテストがあったので、見学にいってきた。可愛いシェルティがいっぱい。コリーもいっぱい。最近はブルーマールという白と灰色と黒のぶちが流行らしい。パスカルと同じトライ(黒・茶・白)も沢山いた。写真はコリーのブルーマール(両側)とトライ(中央)。

スバル氏は、茶色の

セーブルを見るとどれに対しても「トーマそっくり」を連発。全然似ていなかったけれど。シェルティは本などによると「無駄吠えが多い」と言われている。トーマは確かによく吠えた。ところが、このコンテスト、100匹くらいいるのだが、声はほとんど聞こえない。連れていったパスカルも全然静か。写真は暑いからお水をもらっているところ。カフェオレを飲み、なめらかプリンを食べたわけではない。

2005年10月3日（月）

ぎりぎりの仕事

今日もホームセンタへ行った。もう6日連続くらい。スバル氏がまたガーデニングに燃えだしたからだ。花ではなくて、葉っぱ系。それを寄せ植えしている。毎日、直径が30cmもある鉢を3つずつくらい買ってくるから、玄関の前は非常に通りにくくなった。いずれ枯れるものもあるだろうから、無限に増えることはないと思って気を紛らせている。庭仕事をしているときは、パスカルがずっとスバル氏について歩いているのが微笑ましい。トーマではありえなかった光景である。

このように、事前に大まかな計画さえなく、その日その日で思いついたものを買いにいき、その日のうちに仕事をしてしまう、というやり方も、スローライフで楽しいかもしれない。趣味の場合は、王道ともいえる手法だ。

一方では、出版社の雑誌などの仕事を見ていると、ほんとうにぎりぎりである。3号さきのこと、半年さきのことを考えているようには思えない。森博嗣は、3カ月以内に締切がある仕事を引き受けない、ともう5年ほどまえから公表している（HPの出版社向けのページに正式に書いたのは1年ほどまえか）が、それでも毎月、1カ月以内に締切がある仕事の依頼が平均5件ほどある。もちろん、すべて丁寧にお断りしている。締切が2カ月さきというものは、ほとんどない。余裕があることが、この世界では「悪」なのだろうか、と勘ぐりたくもなるほどだ。

2005年10月4日（火）

人に合わせて生きる

おそらく自分の特性だ、と薄々気づいているのだが、人に歩調を合わせることが大の苦手だ。自分だけでなにごとも進めたい。人と組まなければならない事態になることも少なくないけれど、たいてい良い思いをしない。分担を決めても、自分の領域だけを片づけて、あとは放っておく、というわけにいかない。結局、いらいらして、口を出すか、手を貸すか、ようするに不本意な仕事をする羽目に陥る。

できれば、そういうことをしないで生きていきたい。そのためにはどうすれば良いか、ということばかりを考えてきた。それなりの努力と犠牲によって、かなり一人だけで仕事をできるような環境を作り上げたと思う。でも、ときどきそうもいかないことがあって、がっかりするのである。

この日記を『WEBダ・ヴィンチ』で公開することは半年以上まえから決めてあった。打ち合わせもした。こちらは早めに考え、コンテンツも決めてあった。でも、公開のブログのソフトがようやく完成したのが9月30日で、テストの結果、使えず。別のソフトを急遽インストール。そのテストが可能になったのが、昨日くらいで、今それを試したところ。そもそも基本的なテストは、開発者がすべきことではないか？　何がそんなに難しいのか。ようするに、既成のソフトをカスタマイズするレベルの作業がテクニックとして仕事になっているこの頃である。今回も、少しデータを増やしてテストしたら、バグが出てくる。もちろん、すべてが正常に動いたとしても、言葉の表現やレイアウトのデザインなど、細かい部分で直したいところが山ほどあった。今が８月下旬だったら、ちょうど良い仕事運びだと個人的には感じる。

こういうぎりぎりの仕事をしている人たちが多数派であって、ああ、やっぱり人と組むんじゃなかったな、と溜息をもらし、自分の判断が間違っていたと後悔するばかり。どんどん心配性になっていくだろう。仕事ではこんな思いばかりしてきたので、多少は慣れたものの、人と関わらないで自分一人で生きられたらどんなに幸せだろう、と今も夢見ている。

今日は午後から雨。でも、ホームセンタへやっぱり行った。パスカルはカートに乗せて、店内にも一緒に連れていく。

2005年10月5日（水）

見本が2冊届く

10月の新刊のうち2冊が午前中に宅配便で届いた。中央公論新社の『大学の話をしましょうか』と、日経BP社の『森博嗣のTOOL BOX』である。自分自身、小説を滅多に読まない方なので、このような小説以外の自著は少し嬉しい。本を開いてページをめくったり、少し読んだりする。誰かにあげようか、と考えたりする。そういうことは小説の場合はない。

著者には「見本」というものが通常10冊届く。封を切って、1冊を取り出して、しばらくデスクの近くに置いておく。これは読者からのメールで誤植などの指摘があるので、それを確認するためである。残りの9冊はそのまま仕舞われる。人にあげたりすることは滅多にない。そういう人が周りにいない。周り以外でもいない。重版があると、その見本が2冊か1冊また届く。最初のうちは、ちゃんと整理して並べていたが、今はもう駄目だ。このように自著の見本は、既に1000冊以上、森家に存在していて、どこに何があるのか、把握できない。

自著以外にも深刻なものがある。出版社から、他の作家の本が送られてくる。もちろん、著者自身から送られてくるものも多数ある。これも尋常な量ではない。たとえば、講談社ノベルスなどは、ほぼ全冊送られてくるから、全部溜まってしまう。いや、迷惑だと言っているのではない（言っている気がするが）。

あまりいないのだが、ほんのときどき、森家へ来る友人の100人に1人くらいは、小説を読む人間がいるので、そういう人に、「好きなものを持っていって」と頼むことにしている。だが、小説を読む人って、そんなにいないのだ。日本人の1％もいない。それに、趣味に合う本が100冊に1冊もない。トータルの確率は天文学的な数字になる。

まえに住んでいた家は、そういう本で埋まってしまった。スバル氏は読書家だが、自分で買った本しか読まないし、そっちも尋常な量ではないほど蓄積しているので、相乗効果となる。その家は、そのままにして逃げ出してきた。今もそのまま。

今日も一日雨。秋雨で冷たい。書斎の窓から見下ろした夕方のポーチ。

2005年10月6日（木）

象と技

秋晴れ。清々しい。欲をいえば昼はもう少し涼しくても良い。夜は今くらいがベスト。大正の頃は今より3度以上寒かったわけだから、温暖化の影響は小さいような大きいような。親父は大正生まれだから、「昔は寒かった？」と尋ねると、「よく覚えとらん」と答える。

この頃、モビリオをよく運転する。親父が乗っていた(というか、親父のために僕が買った)のだけれど、もう年寄りで危ないから、免許の更新を断念し乗らないことになったので、代わりに乗ってあげている。大きいし、ドアが沢山あって便利は便利。ナビもついているから、いつも走る町の地名とかもわかる。この塀の向こうは何があるのだろう、と抱いていた疑問も解消。しかし、どうも動きが緩慢で、象に乗っているような気持ちになる。サーカスに出ているみたいな感じ。町なかを、大きなRVが走っているが、あれも象に乗っているように見える。機敏に走る車種のはずなのに緩慢な車は、運転手が象なのだろう(象が人間に乗っている可能性もある)。

2005年10月7日(金)

日記らしいことも

午前中は秋晴れ、午後は雨。天気予報はインターネットに頼っている。地域限定で何時間後に雨が降るか、かなりリアルタイムでわかるため、電車をいつガレージに仕舞うか、という判断に欠かせない。
お客様があって、秘密の話をした。中公のN倉さんも来て、電車を運転していった。庭師さんが雨の中、庭の測量をしていった。モビリオの後ろのドアが内側から開かなくなって、マニュアルを読んだがわからず。でも、ドアを開けたところにある小さなスイッチを切り替えたら開くようになった。チャイルド・ロックらしい。4ドアって、こういう面倒なことがあるのか。今までの人生で、後部座席にドアがある車に乗ったことがないので。
外国で出版された自著翻訳本の見本が2冊届いた。先日、台湾へ行ったときも書店に自分の本があった。かなり格好良い装丁。日本語が絵として表紙の背景に使われているのだが、誤植がある。折込広告も誤植だらけだった。大らかである。
これまでの経験では、誤植は、表紙や目次、それから奥付に多い。どうしてかというと、ここはデザイン部が作るかららしい。デザインの人にとっては、文字は単なる絵なので、似ている形の全然違う文字が使われたりする。英語のスペルはたいてい間違っている。デザイン的には、影響がないからだろう。その価値観はわからないでもない。でも、目立つところだから、もう少し気をつけたら良さそうなものだ。

仕事の話を書くと、今月は、短編を2作書かな

くてはいけないスケジュール。このほか、エッセィの連載が1つ。日記公開後、というか休暇明け後、読者からのメールが爆発的に増えた。10月は仕事始めなので、スローペースでスタートしているつもり。

写真は、スバル氏のプランタ急増のポーチ。庭園鉄道は晴れていれば毎日運行。中央の遠くに見える白い家が、モルタル塗りの模型新作（機関車製作部参照）。

2005年10月8日（土）

金儲け

一日中雨。体調が少し悪かったので午前中2時間ほど寝直し。工作を諦めて、こういう体調の優れないときは執筆でもするか、ということで3時間で1万5000文字ほど書いた。ちなみに、これまでに、作家として稼いだ金額を執筆した文字数で割ると、1文字が100円ちょっとになる。

「金儲け」という言葉は、だいたい悪い印象で使われているが、この意味はつまりほとんど「仕事」と等しい。仕事以外の金儲けも稀にあるが、金儲けしない仕事はありえない。「いや、全然儲かりません。赤字なんですよ」という商売人もいるけれど、赤字ならどうして今すぐにやめないのか？　それは、生活費などがそっくり経費として計算されて赤字になっているためだ。あるいは、投資を一時的な赤字と表現しているにすぎない。いつかは儲かると信じているから仕事を続けているのである。基本的に、金儲けのためにみんな朝から会社に出勤しているのだ。

しかし、たとえば大金持ちになったりすると、自分が生きていく一生分の金を既に持っている。そうなると、もう儲ける必要などない。しかし、それでも仕事は簡単にはやめられない。何故か。それは、自分の周りに仲間がいる、自分を頼っている部下がいる、関連企業もある、つまり、まだこれから儲けなければならない人たちがいるからだ。そういった人たちのために義理が生じる。こうしてみると、金持ちというのは、人のために働いていることになる。税金も普通の人の何百倍(もっとか?)も払っているはずだし、方々へ寄付もしなければならないし。一般に、「あいつら、金儲けのためにやっているんだ」と陰口をたたく人間の方が、むしろ自分だけのための金儲けに必死だ、ということにお気づきだろうか。

欧米では、金持ちはイコール社会に貢献している人、という一般認識が日本よりも浸透している。だから、成功して金持ちになって、人のためになる人間になりたい、と考える。何故か、日本の場合は、金儲けは悪いことをしているようなニュアンスが今まではあった。しかしこの頃、なにかというと「セレブ」という言葉に置き換えて金持ちが登場しているようだ。金儲けに対する日本人のトラウマが解消されてきた兆候といえる。

写真は、外国で翻訳されている自著。もっとあるが、探せなかった。中国語版の『封印再度』は、『再度封印(発音:ザイ ドゥ フォン イン)』というタイトルだったのを、中国語

として不自然でも『封印再度』にしてもらうようお願いした。日本語だって「封印再度」は不自然なのだから。

2005年10月9日（日）

中国語に訳す場合

昨日書いた台湾・香港の翻訳本のつづき。送られてきた見本の中に折込広告が入っていた。綿矢莉莎氏の『Install未成年載入』とある。ほとんど同じ絵の表紙だが、微妙に顔が中国系になっていたりして、感嘆。

綿矢氏は日本では「りさ」だが、そうか、名前がひらがなの人は、中国バージョンの漢字を考えないといけないのか？　それとも勝手に当てるのだろうか？　今度よしもとばななさんにきいてみよう。

同じ折込に金原睛（ちなみに、目偏に青と書かれていたが）氏の名前もあった。しかし、ひらがなのルビが「かわはらひとみ」になっている。間違っているなあ。大らかだなあ。ローマ字で書いたら良いのに。

それから、東京生まれのことを「東京人」と書くようだ。そうか、それは「日本人」「地球人」と一貫していて好ましい。

名前の英語表記で、日本人は何故か姓と名を逆にする習慣がある。戦争に負けたからではなくて、そのまえからだ。しかし、あまり良い習慣とは思えない。できればやめた方が良い。僕は、自分の名前は、「MORI Hiroshi」と書くことにしている。姓を前にする。ただ、Moriがファミリィネームだとわかるようにすべて大文字でMORIと書く。近い将来、この表記が一般化するように願っている。

秋晴れ。朝は庭で1時間ほど落ち葉拾い。それから出かけて昼頃戻る。午後はペンキ塗り、洋雑誌読み、資料調べ（研究方面）など。「次に犬を飼うときは、散歩は全部君の役なのだ」と主張していたスバル氏なのに、夕方リードをつけてパスカルを散歩に連れ出そうとしていた。しかしパスカルは行きたがっていないため、門の外に出たら歩かなかったらしい。スバル氏はリードのせいにしていたが、一般によく観察される「気持ちを道具のせいにする」現象である。

パスカルは後ろ脚を後方へ投げ出す、いわゆる「オットセイ伏せ」をする。これは、森家ワードなので、「いわゆる」といわれても誰も心当たりはないと思う。大きくなったらしなくなるだろうか。できればいつまでもしてほしいものだ。ちなみに、顔は怪傑ゾロリのパターン。

2005年10月10日（月）

映像読み

休日らしい。また雨だった。スバル氏が出かけたので、留守番。昼寝をしたり、雑誌を読んだり。あまり工作はできず。修理ばかり少しだけ。

ホビィルームのGゲージ（線路幅45mmの鉄道模型）で遊んだ。パスカルがすぐ近くにいる。機関車が警笛を鳴らすと、籠もった声で吠えて身構えるが、飛びついたりはしない。躰が大きくなって架線の下を潜るときに電信柱が揺れて傾くから、あとで直さないといけない。いつか通れなくなるだろう。今のうちだ。

12月の文庫のゲラが届いたので、午後はそれをさっそく読んだ。小説以外の文章は比較的速く読める。100ページほど進んだ。小説の場合は、場面を展開するのに時間がかかる。おそらく、数時間で1冊の小説を読み切ってしまう人たちの多くは頭の中で映像を展開していないのだろう。そういうテキスト読みが小説の読者には多い。映像読みの人は、すべてのシーンを展開するのに時間がかかることにくわえて、テキスト読み系の作者が書いた文章だと、ちっとも上手く映像展開できないことで疲れてしまうため、小説を読まなくなる傾向がある。

稀に、速読しても映像展開ができる天才もいる。おお、それは凄い、と感心する。そういう人は例外なく、小説を書いているし、例外なく大作家だ。

そうそう（大作家で思い出したわけではないが）、「吉本芭娜娜デス！」というメールをすぐにいただいた。なんか、琵琶法師が揶揄されて狐狸庵の細道を行く憂鬱な子持ち柳葉魚か助惣鱈くらい「なめんなよ！」という漢字。いっとき、博嗣のシの字を説明

するとき、「喫茶鬸瑠琵亜（シルビア）のシ」と言えば通じた時代と地域があったことが懐かしく思い出されて蜃気楼の新日本紀行。

連休中、娘が里帰りしていたので、数日間食事が豪華だった。と書くと、娘が料理が上手い、と想像されるかもしれないが、そうではない。スバル氏が娘のためにいつもの10倍くらい力を入れるためである。

2005年10月11日（火）

どこを狙うか

今日から工事。母屋の外壁、デッキ、ガレージ、その他の修繕をする。10日ほどかかる見込み。庭園鉄道もこの間、一部の線路を撤去するため運休。

読んでいるゲラは、『100人の森博嗣』の文庫版（予定より1カ月繰り上がり、11月18日発行予定となった）。自分が書いた古い文章を読むと、「このときからもうこう考えていたのだ」と思い出す一方で、全然進歩（あるいは変化）がないな、と感じる。子供のときからずっと同じことを言い続けてきたのではないだろうか。きっと、言っていることを聞いてもらえない、という思いが強かったのだろう。そんな気がする。

それから、『赤緑黒白』文庫版（11月中旬発行予定）の解説が届いた。お茶大の菅聡子先生にお願いしてあったもの。なるほど、わかる人もいるのだな、と思う。そういう人に対しては、くどくどと同じことを言わなくても良いのだな、と反省する。難しい。どのあたりを狙えば良いのか……。

もちろん、弓矢のように1つのベクトルに絞るものではない。創作とは多様である。同時に複数の的が狙える。しかし、少なからず無駄が出ることも確か。

たとえば、いままで幾つか小説を書いたが、どの本も例外なく、「この作品が一番好きです」という感想をもらう。また、どの本も例外なく、「この作品が一番駄作ですね」と非難される。読み手の広がり（ばらつき）は大きい。しかし、そもそも本を手に取ってもらえた、というだけで、既にほんの一握りの、極めて特殊なごく一部の人たち、なのである。読まない人の方が何千倍も多い。少なくともいえるのは、これまでと同じものを書いていては、届く先はまったく広がらない、ということ。いずれ、もう少し詳しく書こう。

2005年10月12日（水）

足の裏サロンパス

一日よく晴れていたようだ（無関心）。ペンキ屋さんは、今日は2人で、母屋の半分の壁を磨いた。まだ塗っていない。庭師さんがまた測量にきた。ホームセンタへまた行った。10円で買える木材の破片というか半端ものが一番の狙いめ。けっこう大きくて厚い合板が見つかったりする。

ホームセンタのペットのコーナに子犬がいる。小さな部屋に1匹ずつ入れられている。金魚くらいなら、ああいった売り方もありかと思うけれど、犬や猫は少し違うと思う。やはり、まずお腹の大きな母犬に会いにいき、母犬をよしよししてあげることから始めるのが、礼儀かと。なかなかできないことだが……。

スバル氏と昨夜論争になったのは、サロンパスを足の裏に貼っても効くか否か、という問題。僕はアンメルツで試したことがあるが、全然すっとしなかったので、効かないと考えたのだが、スバル氏はもの凄く気持ち良いと主張。足の裏の皮の厚さが違うようだ。こういうどうでも良いことを書けるのが日記や「水柿君シリーズ」の醍醐味である。

写真は、つい最近庭に設置したオブジェの上の水溜。スバル氏が選んだもの。ガラスビーズも彼女の趣味。クリックすると写真が大きく見られることに、皆さん気がつかれているだろうか。

2005年10月13日（木）

短編と短編集

爽やかな晴天。今日もペンキ屋さんが来て一日ごしごし壁を磨いていたらしい。ペンキ屋さんは親子2人。こういった職人と呼ばれるような職業が２代、３代と続くことは、とても素晴らしいと思える。
１月の短編集の最後の一作をのんびり書いている。今週中にはちょっと無理か。執筆しているとき、いつも思うことは、「さあ、今はまだ練習だけど、再来年くらいには機が熟すかもしれない、そろそろブレークしようか」である。
短編は好きだ。特に、短編集が好きだ。同じ作者の作品が並んでいると、その振幅が大きくて面白い。ミュージシャンもアルバム（今はLPではなくなったが）が好きだ。「この一曲を」と用意されたものよりも、広がりがある。逆に、大勢の人の作品を集めたアンソロジィ（この言葉を知ったのは作家になってからだが）はそれぞれが、「この一作で勝負しよう」となるため、まとまりがありすぎて、面白くない。人と競うことも芸術家の場合はマイナスだと感じる。落語だって大喜利が一番つまらない。
光文社の方が４人いらっしゃったので、そんな話をした。『ジャーロ』にまた『ZOKU』の続編を書く、という打ち合わせ。微妙に続編にはならないと思う。
来年の出版予定が次々に決まりつつある。自動車雑誌の取材を受けることにした。中公の『大学の話をしましょうか』がもう重版。

８月だったか、自著の発行部数が700万部を突破した。2001年に300万部、2003年に500万部の記念パーティをしている。

今度は750万部でやるのか迷ったが、結局700万部で、中途半端だが11月に開催することになった。この数字は、漫画、海外翻訳本、アンソロジィ、専門書などは含まれない。招待するのはそれらの本を作った担当者で、今年は31名に案内を出す予定。

庭の万年紅葉が、今年は何故か夏からずっと緑。不思議だ。しかし、毎年決まった時期に決まった色から決まった色へ変化するという方が、むしろ不思議か。

2005年10月14日（金）

万年筆

午前中出かけて昼頃戻った。秋晴れの一日。

近頃、万年筆がちょっとしたブームらしい。そういえば、今月号の『ラピタ』にも檸檬色の万年筆がオマケに入っていた。あれは以前、丸善で本ものの檸檬万年筆が売り出されていた。かなりまえになるが、丸善で名刺交換会をしたとき、おみやげにいただいたのが、その檸檬万年筆だった。限定商品だったらしい。どこかに仕舞ってしまって、現在どこにあるかわからない。

つい最近、叔母から万年筆をもらったばかり。でも、もう使わない。使う機会がない。あるとしたら、模型の新作の構想を練るときのスケッチくらいだろうか（サインペンの方が滑らかだが）。宅配便が届いたときのサインくらいだろうか（シャチハタで済むが）。

大学生になったときなどに、僕らの時代、贈りものは万年筆だった。パイロットとか、パーカとか。今は何を贈るのだろう。時計かな。「万年筆」とか「万年床」からわかるように、「万年」は、常に使える状態にあることを示すようだ。そのわりに便利な電化製品が名前に「万年」を冠さないのは、やっぱりすぐに故障してしまうからだろうか。地球環境のために、長く使い続けられるもの、という意味で、「万年自動車」とか「万年住宅」とかを売り出してはいかがだろうか。

『100人の森博嗣』(文庫版)のゲラを読み終わった。解説は俳優の松田悟志氏にお願いしていたが、今夜原稿が届いて、読ませてもらった。やっぱり、小説分野以外の人の方が面白い。読者だって、小説分野以外の人が多いわけだから、解説(この言葉が変だが)も、いつもできるだけ外の人に、とお願いしている。明日、担当のI子氏がゲラを取りにくるので、(文庫化に際しての)あとがきも1800文字ほど一気に書いた。

母屋は半分くらい白くなった。まだ下地処理の段階だろうか。スバル氏は「診療所みたいで格好良い」との評価。今のところ工事は天気に恵まれているが、明日から雨かもしれない。

2005年10月15日(土)

ブログと若干の世事

一日中雨で一日中家の中にいた。ペンキ屋さんもお休み。パスカルのガーデン・ランニングもお休み。

ダ・ヴィンチのＩ子氏が来宅。グラマシーニューヨークのケーキをいただきながら（あま～い！）、この日記のブログと掲示板の打ち合わせ。それから、これを出版する話。ブログの方は今のところ作業中でまだ見通しは立っていない。そもそもブログにする意味は何か、というと、一番のメリットはftpを使わずに管理ができることだろう。あとはデータベースとしての検索機能くらい。リンクやトラックバックには興味がないし、するつもりもないので、いわゆるブログとはいえないかもしれない。

雨のせいで外で工作ができないので、執筆作業を３時間ほどした。普段は、執筆は１日１時間くらいに抑えている。だいたい10月のノルマは書き上げて、あとは手直しくらい。このように、１日に３時間もすることは「小説に専念する」といっても過言ではないだろうか。雑誌社と新聞社から原稿依頼があったが、お断りした。いろいろなタイミングがある。

株の買い占め（とまではいかないが）の話題がニュースを賑わせている。「金のある人が、さらに金を増やそうとしている」と卑下するキャスタもいて非常に見苦しい。誰だって、仕事に打ち込むのは当然だろう。「金でなんでも買えると思ったら大間違いだ」などと発言する元スポーツ選手もいた。当たり前だ、売っていないものは買えない。株は売っている。だから買えるのだ。従業員とかファンとか、そんなに大事なものがあったのなら、何故株式会社にした？　何故株を売り出したのか？　金ほしさに売ったのは誰だ？　もし感情論を持ち出すならば、買う人間よりも売る人間の倫理を問題にしてはいかがか？

僕自身は、投資にはまったく興味がない。金を増やそうとは思わない。それだけのことである。人のやっていることに口を挟む必要がどこにあるだろう。犯罪ならばいざ知らず。

衆議院選後には、「国民は小泉に騙されている」という負け組側のコメントが多く聞かれた。そういう表現こそが、国民を低脳だと馬鹿にしていると考えないのだろうか。その感覚がとても信じられない。一方は「国民に問いたい。国民を信じている」と言い続けていたのだから、この差は歴然だろう。もう10年ほど、郵政民営化や消費税アップに賛成する野党の出現を強く望んでいる。

政治・経済のコメントは、しかしできるだけ慎もうと考えている。普遍的でないからだ。

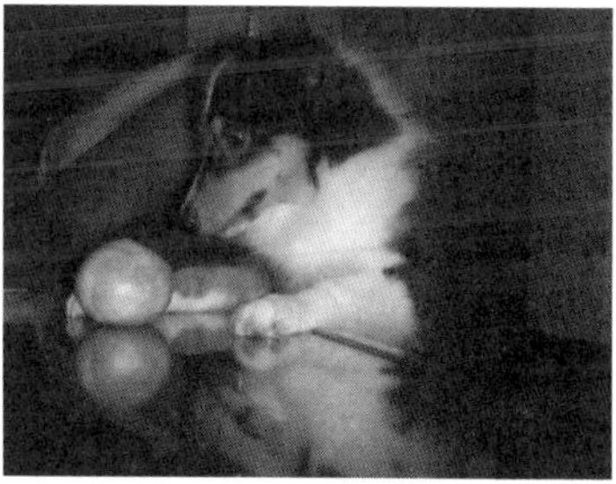

パスカルはテーブルの上のものが取れるほど大きくなった。ずっしりと重い。身が詰まっている。

2005年10月16日（日）

初めてのお散歩と駐車場

朝は雨上がり。庭で遊んでいたパスカルが門の外へ出たがった。胴輪とリードをつけてみたら、ちゃんと歩ける。それで家から200mくらいの距離まで散歩をした。スバル氏も一緒。数日まえは、パスカルがリードを気にして歩かなかった。ブレーキをかけ後退すると胴輪がするりと躰や首から抜けてしまった。中国雑技団くらい柔軟な肉体なのだ。だから、そうならないように注意して歩いた。もちろん、外ではトイレをしない。帰宅するやいなやトイレへまっしぐらである。

爽やかな秋らしい一日だった。夕方1時間ほど時間ができたので、庭で機関車を走らせる。いつもの大きな機関車は、今、母屋が工事中のため不通になっている。少し小さいスケールで人が乗らない大きさのもの。しかし、ライブスチームなので火をつけて蒸気の力で走る。今日はブタンガスが燃料の3台をそれぞれ10分ずつくらい走らせた。楽しかった。また走らせよう。

買いものにいくときも、だいたいパスカルを連れていくので、スーパの駐車場などで車に乗って待っていることが多い。パスカルと待っているので、まあ退屈はしない。彼は窓の外を見ている。ドアミラーがすぐ近くにあるのだが、見ないようにしている。家の中では、最初の頃は鏡や窓ガラスに映った自分の姿に吠えたりしたが（そう、ときどき2回くらいだけ吠える）、今はもう慣れたようだ。だから、ドアミラーも無視しているのだろうか。彼の中でどう処理されたのだろう。

駐車場で気づいたこと。民家などがあって、そちらに排気ガスがかからないよう「車を前付けで駐車して下さい」と指示されているところが多い。苦情対策だとは思う。これを守っている人が非常に少ない。なかにはバックで駐車し、しかもエンジンをかけたままで車内で待っているおじさんもいる（クーラをつけているから）。何人も見かけたが、だいたいお年寄り夫婦で、看板など見ていないようだ。そういう人の行動を観察していると、荷物を載せてきたカートも指定の場所へ戻さない。奥さんが返しにいこうとすると、「いいから、そこらへんに置いておけ」とご主人が大声で怒鳴っていたりする。年寄りのマナーの悪さは、どうも根強いように思えてしかたがない。やはり、長く生きてきたという自信なのか、ある種の居直りなのだろうか。

何度も書いているがもう一度書く。前付けに駐車してもらいたかったら、駐車スペースの幅をせめてもう1mは広げる必要がある。直角に曲がりながら前進で車を入れるためには、自動車の構造上そうなる。両側に車が駐めてなければ狭くても入るが、そのあと両側に駐車されると、バックでは出られなくなるのだ。つまり、4台駐められる広さならば3台にしなければならない。それをしないで、ただ「前付けでお願いします」と書くのは、やはり苦情に対する言い訳的措置ということで、本心からそうしてほしい姿勢ではない、と判断されてもしかたがないだろう。

2005年10月17日（月）

ころころパスカル

先週の天気予報は外れて、一日雨。しかし、昨日の時点では予報どおり。遠いさきの天気予報は気休めで、近づくにつれてだんだん現実性を帯びてくる。1時間後はほぼ確実に当たる。それならば、遠いさきのことなど予測するな、というのは間違いで、やはり遠くを予測しようという姿勢が近くの精度を上げるのだろう。

ドッグフードがなくなったので、近所のブリーダさんへもらいにいった。パスカルも一緒。パスカルは、兄弟4匹のうち1匹だけ黒い。他の3匹はブルーマールで白い。それから、一番躰が小さい。一番大きい子と比べると、3カ月のときに半分くらいの体重しかなかった。

そういう情報を聞いていたので、スバル氏が親心で余計に食べさせていたようだ。ドッグフードをお湯で軟らかくし、ミルクの粉をかけ、缶詰の肉を少しトッピングする、という子犬用メニューを続けていて、1日3回食べさせていた。欲しがるので量も増やしていた。このほか、トイレをするたびにササミをあげていた。これは、もともとはトイレを教えるためのご褒美だった。さらに、ボールを持ってきたらボーロ（1cmくらいのお菓子）をもらえる。ときどきジャーキももらえる。食いしん坊のパスカルもしだいに知恵がついてきたため、トイレは小出しにする。人が見ているときしかしない（ご褒美がもらえないから）。自分でボールを投げて自分で持ってくる。最近、躰がずっしりと重くなった。

5kg以下の小型犬の胴輪を買ってきたら、胸回りが届かない。シェルティは、3、4カ月からしばらくの間、ほっそりとして別の犬種のように見えるのだが、「うちの子はならないね」とスバル氏と話していた。「このまま大きくなるのかな」と。

どうも太りすぎだったようだ。ブリーダさんで、「まだミルクを？」「まだ3食？」と驚かれてしまい、ササミの話をしたら「高カロリィ」と指摘されてしまった。さあ、どうしよう。「2食にするなんて、いったいどうすればいいの?」とスバル氏は苦悩している。

この写真はまだ1カ月半のとき。体重は2kgくらいだったと思う。鼻も手足も短い。愛犬日記になっているな。

2005年10月18日(火)

落とし穴?

庭師さんたち3人が来て、庭に穴を掘った。けっこう深い。罠を作っているようにも見える。1つではない。もう1つあって、今夜は庭に出ると危険だ。

今朝も雨上がりで濡れた落ち葉を1時間ほどかけて拾ったのだが、こういった地道な作業は、実は楽だ。人間に向いている、ということがよく理解できる。

毎日コツコツと作業を進めていく方が偉いということはない。そちらの方が楽なので、むしろサボっている、といっても過言ではない。だから、きっと褒められないのだろう。

締切ぎりぎりになって、大慌てで徹夜してやっつけ仕事で切り抜けると、体力は消耗するし、ストレスもかかって精神的にも疲れるし、おまけに仕事も雑になる。しかし、充実感があるし、仕事を依頼した方も、今更やり直しができないし、頑張っている姿が目の前にあるから、褒めてくれる。

つまり、仕事のできがどうこうよりも、苦労を売っているのである、おおかたのビジネスは。なるほどなあ、そういうことだったのか、と落ち葉を拾っていて理解した。僕は、労力よりも、出来上がり具合で評価したいけれど。

2005年10月19日（水）

わかるために読むのか

暖かい秋晴れ。今日は庭師さん3人とペンキ屋さん2人が工事にやってきた。庭には大型トラックが入って、穴を掘って出た土を積んでいった。深さが50cmくらいの大きな穴があちこちにできた。死体が5、6人は埋められそう。母屋の方は、すっかり白くなった。これはまだ下塗りで、これからが本番の色になる。窓枠や屋根の周囲などの色をスバル氏が決めた。こうして手を入れていくと、だんだん自分の家に思えてくる。

小説の感想でよく「わからない」というものがある。ミステリィだと「最後まで読んでも謎が明かされない」という声がよく聞かれるところだ。そういうのを聞くと思う。そうか、みんなわかろうとして小説を読んでいるのか、最後に謎が解けると思ってミステリィを読んでいるのか、と。

マニュアルは、それを読めば、機器が使えるようになる。そのためにあるものだ。だから、読んでもわからないマニュアルは、困った存在といえる。それから、問題集などは、後ろのページに解答が載っている。あれがないと困るかもしれない。問題集を読む人は、やっぱり謎が解けることを求めているのだろう。

読者からのメールで、大変多い（たぶん最も多い）自己紹介は、「私はミステリィが苦手なのですけど……」というものだ。つまりは、「わかる」もの、「謎がしっかり解ける」展開に、違和感があるからではないか。その違和感が、ミステリィに自分は向かない、と感じる理由だ。

何故なら、現実にはすっきりわかる例がまずない。現実の問題や謎は、滅多に解けない。原因が明確ではないものが多い。ある程度は解明できても、単なる一解釈であり、納得できる推論程度のレベルにすぎない。犯罪だって、動機が明らかでないものが多々ある。解決しているようでも、裁判でひっくり返る例も多い。犯人が明らかにならないことは日常茶飯事である。

現実がそうなのだから、せめて物語の中では、と凝縮し単純化し、すっきり気持ち良くさせてくれる。それがかつては常套だった。芝居でも映画でも、当初はシンプルだった。だが、時代とともに、複雑になり、リアルになるように観察できる。

2005年10月20日(木)

ネタは何故尽きるのか

３日に１度の割合で、ダイエーに一人で買いものにいく。地下の食料品売り場だ。「ワカタカ軍団〜」という歌が流れているので、二子山部屋の応援歌だと思っていたが、どうも違うようだ。

晴天。ペンキ屋さんが母屋に色を塗っている。スバル氏がペンキ屋さんの指導を受けて(材料をちゃっかりもらって、養生やマスキングや掃除も全部やってもらったうえで)庭にあるベンチに色を塗った。壁の色と同じグリーンっぽいスカイブルー。このあと、黄色や茶色でウェザリング(汚し)をして古びた雰囲気が出るようにチャレンジしていた。もともと、この上なく古びていたベンチなので、ベンチ本人も複雑な心境だろう。母屋も、綺麗に色を塗ってから、わざと汚してもらう予定。既に築25年の建物で、古びているので、まあ相応というところ。工事の詳細が知りたい場合は機関車製作部か、その掲示板を。

日記を始めて20日になる。感想メールが毎日沢山届いているが、「こんなペースではネタが尽きないですか?」といったご心配も幾つか。それで考えたのだが、ネタは何故尽きるのだろう?

簡単である。ネタをストックするから、それが減ってしまって尽きるのである。溜め池が干上がるのと同じ原理だ。池は干上がるが、川はいつも水が流れている。いつも流れているものは、尽きない。

日記を毎日書くコツとは、つまり毎日必ず書くことである。溜めないことだ。ネタも溜めない。その場で考え、その場で思いついたことをすぐに書く。違うところで面白いことを思いついても、あとで使おう、とメモをしたりしない。いつも、その場で書いていれば、いつも思いつくようになる。ネタをストックすると、思いつかなくても書けるが、そうしているとだんだん思いつけなくなる。つまり、メモやストックは、思考が停止する時間を増やしているに過ぎない。

小説もすべてこの方式で書いてきたので、最初から常にネタ切れ、いつもネタ切れ状態である。したがって、これ以上にスランプに陥ることはないだろう。ただ、書いたものが増えれば、同じもの、似ているものが、増えてくるだけで、それは作者の問題ではなく、読者側の問題となる。厭きたら、他の読みものへ移られるのが良いだろう。

2005年10月21日（金）

上京と地震

新幹線に乗って上京。電車の中でコーヒーを久しぶりに飲んだ。スチロールのコップで飲むコーヒーはなんだか微妙に美味しい。

ミルクも砂糖も入れないが、車窓の風景が入るからか(おやおや)。東京は2カ月振り。近頃子犬がいるため出づらかった。

以前は新宿に泊まることが多かったのだけれど、この頃は山手線の東方面が多い。中央線にあまり乗らなくなった(その代わり、名古屋で乗っている)。銀座の天賞堂へ行き、中古の貨車を1両と、新車の貨車2両と、洋雑誌を8冊ほど買った。重いので、宅配便で送るつもり。

ホテルに戻って講談社のK城氏と会って、新刊のこと、来月のパーティのこと、記念グッズのこと、その他いろいろ打ち合わせ。次に、文春のI井氏、Y田氏、O島氏と会って、今後の連載のこと、来年の新刊2冊について打ち合わせ。銀座でイタリアンを食べる。美味しかった。

東京といえば、地震が多い。別に最近のことではない。写真は、ホテルのラウンジで窓の高い位置を撮影したもの。大きなガラスが高層ビルに使われている。ガラスは穴を開けてボルトで留めることができない。両側から挟んで支持されている。地震のときに大丈夫なのか、と心配する人は多いだろう。そんなことは考えもしないかもしれない。大まかにいうと、高い建物は安全だ。新しい建物も安全。慌てて外に飛び出さない方が良い。

2005年10月22日（土）

秋葉原と講演会

ホテルに朝食が付いていたので（どういうわけかときどき頼みもしないのにセットになる）、しかたなくビュッフェでコーヒーとジュースだけを飲んだ。

秋葉原へ出て散策。雨模様。主に電子パーツのジャンク屋さんを回る。新しい部品は安いのに、ちょっと古めかしいスイッチやパイロットランプは高い。黒い帽子とマントといった魔女のコスプレの人を何人か見かけた。ハロウィンなのだ。でも、そんな服装でも全然魔女に見えない人と、そんな服装しなくても魔女に見える人のどちらかだった。

大きなヨドバシカメラも初めて入った。大きい。人がめちゃくちゃ多い。つくばエクスプレスの駅も見てきた。それなりに新しい雰囲気で、珍しい。駅って、だいたい古いものだから。

それから、ホテルへ一旦戻り、今度は江戸川区の船堀へ出向く。ファン倶楽部の講演会が開催されるため。15人ほどのスタッフさんと久しぶりに会う。みんな控え室で忙しく準備をしていた。ここで、ノートを広げて今のうちに日記を書く。

出席者は300人くらいで、受付などいろいろ大変そう。感謝。パソコンが無事にプロジェクタにつながったので、一安心。6時半から始まって2時間話し、そ

のあと質疑応答が30分。トラブルもなく終わった。

その後、スタッフの人たちと1時間程打ち上げの食事会。ホテルに11時半頃戻った。講演会の出席者から沢山メールが届いていたし、交換した名刺などを、ホテルの部屋でゆっくり読んだ。感謝。

写真は、講演会の会場となった江戸川区のタワーホール船堀の吹き抜け。

2005年10月23日（日）

味噌汁とナシゴレン

今日も朝食券がある（昨日のうちに誰かにあげるか売るかすれば良かったか）。9時半頃、ロビィへ下りていったら、レストランの前に長蛇の列。こんなに並んでまで食べたくないので、諦めて引き返そうと思ったが、もう1軒、和食の店があったことを思い出す。そっちへ行ったら、がらがらだった。

朝ご飯が珍しいし、そのうえ味噌汁が森的には珍しい。朝、味噌汁とご飯を食べるなんて何年振りだろう。英字新聞とか手にして、日本通の外国人の振りをしようかと思ったくらい。たしかに、店の中は外国人らしい人の方が多かった。名古屋の人がきしめんや味噌煮込みうどんを食べないように、和食もそのうち日本人以外の人のためのものになりそう。

味噌汁もそうだけど、カズノコとか、たくわんとか、塩辛いなあ。鮭も塩辛い。塩分高いんじゃない？　そうそう、それで思い出した。昨夜は、インドネシアのチャーハンみたいなのを食べて、その固有名詞を初めて耳にしたのだった。若者はみんな知っている様子。それで、帰宅したら、またも娘が帰ってきていたので(毎週東京から帰ってきている気がする)、「ナスゴハンって知ってるか？」と尋ねたら、「ナシゴレンなら知ってるけど」と即答されてしまった。それくらい、みんな知っているようだ。大して個性のある味でもないのに、名前が広がることがびっくりである。

パスカルはしばらく(2日半)見ないうちにかなり大きくなった。毛が長くなっている気がする。家に電話したとき、犬が吠えている声が聞こえたので、スバル氏に「誰が鳴いてるの？」と尋ねたら、「私じゃないよ」と答えたが、しかし、帰ってきたら、またまったく吠えない。僕のいるところだけで吠えないらしい。

そういえば、博物館でエンジンも見てきたのだった。この写真は、ガレージの2階に置いてあるラジコン飛行機のもの。丸いところがカウリング。9気筒に装っているけれど、実際には、正立している1気筒だけ(ちょっと形が違う)が本もののエンジン。模型の場合、エンジンの回転数が高く、プロペラが小さくなる。本もののプロペラはもっと大きい。

2005年10月24日(月)

仏像とトーテムポール

午前中はミニで出かけた。そのあと、今度はミニでスバル氏が出かけていった。秋晴れの一日。講演会の出席者からのメールが沢山。今日は落ち葉を拾えず。

よく通る道で、閑静な住宅地の中に、お寺があって、塀越しに大きな仏像が立っているのが見える。大きいといっても、身長5mくらい。三重に住んでいたとき、榊原温泉にあった金の大観音像に比べると、非常に質素だが、滑らかで新しそう。仏像も、神社仏閣の建築物も、できた当時は技術の粋を集めたものだったはずで、高層ビルのように見られたことだろう。だから、今だったら、ロボットにして、表情が変わるとか、躰が動く、くらいのことはしてもバチは当たらないと思う。

小学校にトーテムポールというものがあった。スバル氏にきいたら、「あったあった」とのことなので、中部にも関西にも一時期あったようだ。あれは、何だったのだろう？　どうしてあんなものが小学校に広く普及したのか。たぶん、卒業生の記念製作として、流行したものと思える。この頃、見たり聞いたりしないのは、何故だろう？　人種差別とか、なにか引っかかるものがあったのだろうか。

薪を背負って本を読みながら歩いている像（二宮尊徳？）は、子供の頃は見たことがなかった。あれは関東では普通だったらしいが。愛知県は交通事故が多いから、本を読みながら歩くなんてもってのほかだったからだろうか。

2005年10月25日（火）

塗装と河川工事

現在、１月発行予定の短編集『レタス・フライ』の最終手直し中。明日くらいに終了する予定。それから、同じく１月発行予定の『工学部・水柿助教授の逡巡』ノベルス版のゲラも待機している。毎日、小説関係の仕事に３時間を割いている。このペースでずっといく予定。

母屋の色が塗れたので、今日からガレージ外壁の塗り替えに入った。窓をマスキングして、あっというまに色が変わった。スバル氏がホームセンタに行きたいと言うので、春日井まで出かける。また植木鉢を購入。あと小さなベンチも。帰宅すると、彼女はペンキ屋さんに材料をもらって、買ってきたばかりの新品に塗装。よほど気に入ったようだ。暗くなってもやっていた。今ふうにいうと、ペンキにハマっている。

左官屋さんと庭師さんは、庭園の河川工事。池の骨格ができてきたので、その周囲に石を並べ始めている。白くて珍しい石で、あまり見かけないもの。

パスカルは、何度も庭に出て、走り回っている。ペンキ屋さんに、軍手を投げてもらい、それを取って戻ってくる、という遊びをしてもらっていた。「名犬だ」と褒められただけ

で、食べものがもらえなかったのが、不思議そうだった。
先日の講演会でも話したことだが、検索エンジンで「庭園鉄道」というキーワードで検索すると、もの凄い数がヒットするようになった。1年まえの100倍の数になっている。「森博嗣」は1年まえの8倍くらいなので、これがインターネットのサイトの増加平均とすれば、12倍ほどの成長である。少しは、皆さんハマりましたか?

2005年10月26日(水)

ペンキ塗りと不自由なブログ

朝からスバル氏がペンキ塗り。ペンキ屋さんからもらった塗料を、軍手に染み込ませて塗っている。刷毛を使わないので、窪んだ部分にペンキが届かない。隅に塗り残しが多々あった。まあ、それも一つの味かな、と僕は許容していたのだが、スバル氏はそこをなんとかしたいと言うので、工作室から使い捨ての刷毛を1本探してきて、渡しておいた。
数時間後、見にいったら、綺麗になっていたので、「あ、刷毛で塗った?」と尋ねると、「ペンキ屋さんが、知らないうちに塗ってくれた」とのこと。イタレリィ・ツクセリィなセレブだ。ペンキ屋さんは「ちょっと、悪戯しといたでね」と言ったそうだ。コイキィなクラフツ・おじさんである。
さて、この日記(臨時版)、毎日自分で自分のサイトのサーバにftpでアップしている。『WEBダ・ヴィンチ』からリンクされているだけで、このままでは昔の日記と同じだ。ブログというのは、考えてみると、非常に自由度が低いようだ。人のブログを見ても、なんと画一的、しかも不便、こんなに不自由な形式でよくみんな我慢をしているな、と感じる。日記が2年、3年と続くことが想定されたデザインとは思えないし。まあ、ブログからインターネットに入った人は、これがスタンダードなので、不満は出ないということか。人間というのは、自分のエリアの中にしか自由を求めない奥床しさを持っているからだ(動物的といっても良い)。でも、外から来た人間、外を知ってしまった人間には、不自由さが洞窟の中の暗さと同じく馴染めない。

10月分の小説のノルマを片づけたので、今夜から工作に専念できる。

と書いたが、未だかつて、なにかに「専念」したことは一度もない。僕の場合、それが一番の苦手だと自覚している。専念したとたんに、ほかのことがしたくなるのだ。そういうわけで、いろいろ、無指向性で手を出し、どれもこれもものにならない。そんな人生だった。

この頃では、そういった傾向がわかってきたので、絶対に「これをやり通そう」などと考えない。いつも自然体で、やりたいことをやる。やりたくないことはできるだけやらない。のんびり、ぼちぼちと、好きなことを少しずつ進めていきたい。まずは、好きなことが何か、を見極めることからスタートするのだが。

2005年10月27日（木）

黒山羊さんのイラストレータ

朝方雨だったが、すぐに回復して晴天になった。でも、左官屋さんのおじさんは、朝のうちに一日の決断をしたようで来なかった。ペンキ屋さんと庭師さん2人が来て、作業。母屋とガレージの壁を塗り終わり、今日は壁を汚す作業。これは、風化した感じにするために、わざと白いペンキを少しつけて擦ったりした。明日はいよいよ足場を撤去する。でも、まだデッキとデッキ下の鉄骨を塗る作業があって、あと3日くらい。一方、庭師さんたちは、庭園の河川工事で、今日は大きな石を沿岸に並べる作業。こちらもまだ数日かかる見込み。パスカルがときどき庭に出て、作業の邪魔をする。僕は落ち葉拾いをした。

講談社ノベルスの短編集のトビラ、『メフィスト』掲載の短編、『IN☆POCKET』掲載のショートショート、これらのイラストをすべてスバル氏に依頼することになった。10枚以上ある。すべて近日中に描かなくてはいけない。しかも、彼女は来春発行の絵本の作画もしている。大変なのではないか、と心配になって、「11月中に描ける?」と尋ねると、「描ける描ける」と二つ返事。しかし、描いてもらうには、本文を読んでもらわなくてはならない。その

ためには、プリントアウトしなければならない（彼女は画面では文字を読まない人なのだ）。でも、プリンタがない。紙もない。普通はゲラが来たときに読んでもらうが、それで間に合うか。そのまえに、読んでもらった方が良いような気もする。そういう話をしていたら、スバル氏は「黒山羊さんは〜」と鼻歌をうたう。「読まずに描いた〜」

ガレージは北側の壁がほぼ全面窓。少し東に振っているため、朝は明るい。この写真は夕方。

2005年10月28日（金）

色の好み

工事の足場が撤去された。母屋がちょっとグリーンのかかったスカイ・ブルー、ガレージは、白っぽいクリーム色になった。いずれもつや消しでシックな感じにしてもらった。スバル氏が選んだ色だが、どちらかというと、こういったカントリィでパステルな雰囲気は僕の好みで、彼女の趣味ではない。

ドライブなどをしていて、「あ、あの家良いね」と言うと、「私嫌い」と答える確率が90%なので、そうやってお互いの趣味を確認し合ってきた。歩み寄ることはないので、単に距離を測っているだけである。

たとえば、自動車の色は、僕は赤や黄色が好みで、結婚するまえの車は赤かった。結婚以来、車の色は、スバル氏の好みを尊重して妥協している。自分は車の中にいるので、外側の色はそんなに問題ではない、と考えてのこと。ミニなんかも、自分のものなら、絶対に赤かオレンジにしたのに。もう一台、ミニが欲しいのは、その点の僅かな不満からかもしれない。どちらにしても、メタリックが嫌いだ。フラットなべたっとした原色が好きである。子供っぽい。

きっと、スバル氏は、自分は家の中にいることが多くて、庭で遊んでいるのは僕だから、僕の趣味を尊重してくれたのだろう。そう思うことにする。

犬は、今まで飼ったのがすべて多色のブチ。単色の犬は飼ったことがない。だから、真っ黒とか、真っ白の犬がいると、違う動物に見えてしまう。犬って、そもそも、小さいのから大きいのまで、ほんとうに同じ種族なのか、というほどばらついている。まだ、タヌキや狐の方が犬に入れても良いと思うほどだ。

そういうわけで夜はパスカルシャンプーだった。通算で4回目だろうか。最初のときは一瞬で洗えたのに、時間がかかるようになった。

2005年10月29日(土)

浮遊研究室打ち上げ

朝見たら、ブログが稼働していた。まだ問題がないわけではないが、とりあえず、これで普通になった。掲示板もオープンになった。欠伸軽便の掲示板との棲み分けが難しい(難しいことはないが、なりゆきで書いてみた)。

予報のとおり朝から雨。工事がお休みになったので、スバル氏とパスカルとホームセンタへ行く。カートに乗せたら、パスカルは大暴れ。飛び降りようとするので、しかたなくだっこしていたので重かった。「もう赤ちゃんじゃない！」という訴えらしいが、赤ちゃんじゃなかったら大人しくしていたらどうかと思う。

夕方から一人で高島屋のハンズへ出かけた。いろいろ欲しいパーツがあったため。それから、KIHACHIでダ・ヴィンチのI子さんと会う。「浮遊研究室シリーズ」が完結したお祝いのパーティ。ということで、車道君、御器所さん、上前津君（いずれも仮称）も出席。お祝いがこんなに遅くなったのは、もちろん休暇期間中だったため。奇しくも、ブログ正式スタートの日になった。久しぶりのKIHACHIだったが、料理は大変美味しかった。

10月いっぱいは小説の仕事をしないつもりで、今日も工作に精を出した。いろいろ同時進行で進めている。

写真は昨日の続きで、塗り終わった母屋。奥に見えるのがガレージ。

2005年10月30日（日）

パスカル留守番

先週と入れ替わりでスバル氏が東京へ遊びにいったので、パスカルと留守番。朝は1時間ほど落ち葉拾い。昼にも落ち葉拾い。夕方も落ち葉拾いをした。パスカルはその間、庭を散策している。軍手を投げてやると、くわえて持ってくる。これはずいぶんまえからできる。これに満足して、その後はなにも教えていない。スバル氏は、椅子の上にボーロをわざと置いて、パスカルが立ち上がってそれを食べるのが可愛い、というだけの芸を仕込んでいて、傍から見ると、明らかにお行儀が悪くなっている。

しかし先週、左官屋さんに遊んでもらっているとき、「おすわり」はできるが、「おて」ができない。スバル氏が、「おてはまだできないんです」と言い訳すると、左官屋さんに「今からでも間に合うでね」と言われたらしい。これにスバル氏はショック。まだ小さいと思っていたわけだが、左官屋さんは、もうパスカルを成犬だと間違えているかもしれない。

そういうわけで、留守番中、ほとんどパスカルと一緒にいるので、おてを教えてみたら、すぐにできるようになった。ぱちぱち。

パスカルが寝ている間を見計らって、工作をした。家で一人でいるときは、どういうわけか、いろいろな仕事が捗る。不思議だ。ある種の緊張感がなせる技かもしれない。

今日、一つ変だな、と思ったこと。サッカーなんかで、職人芸のシュートを賞して「芸術的」という表現をよく耳にする。もの凄い正確なシュートなどがそうだ。しかし、これはそのぎりぎりを狙った精度の高さを褒め称えているわけで、どちらかというと「工学的」あるいは「技巧的」ではないだろうか。芸術というのは、もっと感性のもの、感覚的なものだ。英語のアート(art)は、もともとは「技術」という意味で、今でも芸術の他に「人工」という意味もある。つまり自然(nature)の反対語だ。だから、英語でartisticなら、けっこう意味が近いのだけれど。

ハロウィンらしい写真を撮ってみましたけど。

2005年10月31日（月）

ゴミの日

スバル氏がいないので、朝起きてまずパスカルにご飯をやり、庭に出て運動をさせる。燃えるゴミを集めて、ついでに落ち葉を拾って、道路まで持っていった。

今日も職人さんたちが4人来て、いろいろ工事。ペンキ塗りは、デッキの下部の鉄骨構造へ移っている。もう少し。左官屋さんは、今日で終わり。最後は洗い出し（半硬化状態で表面のモルタルを水で洗い流して、骨材を表面にわざと出す手法）で仕上げをしていった。庭師さんは、アーチ橋の下に石を並べていた。明日、水を流す試験をすることに。

パスカルはおてを完全にマスタして、自分から進んでおてを繰り出すようになった。自分のものにした、という感じか。スバル氏がいない間に覚えたので、彼女が帰ってきたらまず、これを披露した。散々遊んでやったのに、スバル氏の顔を見たら飛び出していって、「誰も遊んでくれませんでした！」と訴えるのである。嘘をつくのは人間だけではない。

「なんでゴミが出てるの？」とスバル氏に言われて、曜日を間違えていたことに気づく。燃えるゴミは明日だった。幸いカラスにはやられていなかった。スバル氏は「恥ずかしい」と言っていたが、そんなに恥ずかしいとは感じない。「間違えた」というだけのことではないだろうか。

工作も2時間ほどできた。工作しているときは、とにかく自分に対して、「慌てない慌てない」と言い聞かせている。手綱のようなものだ。わざと回りくどい方を選択したりする。このコントロールが面白い。気が短い人だけが味わえる楽しみかもしれない。

写真は、ホビィ・ルームのGゲージレイアウトのターンテーブルに乗ったパスカル。方向転換をしているわけではない。人間の赤ん坊だったら、何をされるかわかったものではない。生後4カ月で、犬はもう人の言葉を解し、いけないことはしない。トイレも失敗しないし、騒いだりもしない。人間が犬を追い抜くには、3年くらいかかる。

2005年11月1日（火）

車談義

『THE911&PORSCHE MAGAZINE』の取材を1時間ほど受け

た。この雑誌は全国誌で、これまでに何冊か買ったことがあった。珍しいことに編集部が名古屋にある。しかもうちのすぐ近所だ。空冷のポルシェを選ぶならどれが良いか、というマニアックな話題だった。あまり詳しくは知らないので、適切な返答はできなかったものの、もう１台ポルシェをという想定でも、空冷エンジンの車種に乗りたいとは思う。

久しぶりにビートを運転した。先月１年点検を受けたあと、ずっと遠くのガレージに置いたままだった。しかしバッテリィが新しくなっているので、一発始動。快調に走った。もうこの車は購入して14年になる。今まで乗った中でも一番長い。これを手放して、新しい車を買おうと幾度も考えたが、どうしても手放せない。そういう車である。

庭の河川工事も終盤。今日は実際に水を入れて、ポンプを動かしてみた。水中にあるためか、意外にもポンプの音はまったく聞こえない。静かに水が流れ、落差のあるところで落ちる音が耳を澄ませば聞こえる。まさにせせらぎで、これは素晴らしい。住んでいる場所が静かであることの貴重さを感じる音だった。この土地は、野鳥の囀りが何種類も聞こえるし、市内なのに信じられないくらい夜はしいんと静まりかえっている。昨年までは、小牧

へ降りる飛行機が上空を通ったのだが、それもセントレアができてから減った。まえに住んでいた家は、大通りに面し、隣がコンビニだったので、それに比べると宇宙のように静寂である。生活で一番の変化は、音楽をあまり聴かなくなったことだろうか。

700万部突破のパーティの段取りを講談社のK城氏がしてくれている。これまでは、いずれも名駅の高島屋で料理のデリバリィを頼んでいたのだが、そういったサービスをもうやめたとのこと。方針が変わったということだろうか。それで、今年は松坂屋に発注することになった。グラマシーニューヨークのケーキでなくなるのが、少し残念だ（ほんの少しだが）。

2005年11月2日（水）

球根

もの凄い晴天だった。朝から日差しが大盤振る舞いで、あっという間に暖かくなる。3日くらいまえに買った花の苗を植えた。いつも適当にやっている。適当というのは、計画性がない、という意味と、いい加減な作業で、という意味である。

スバル氏は、だいぶまえにチューリップの球根を200個買ったのだが、それをときどき、あちこちに植えている。適当に植えているように見える。「50個くらいで良いのではないか」と進言したのだが、「去年も150個くらい植えた」とのこと。今年の春は見事にチューリップが咲いたが、でも、せいぜい30本くらいだったように思う。そういう確率らしい。もう少し、「一球根入魂」でいってもらいたい気もする。

パスカルが邪魔をして、植えている目の前に座り込んでいる。水をやるときも、その水のシャワーの中に口を開けて飛び込んでくるため、このようにびしょぬれになっている。オヤジ的に言うところの、「水も滴るいい子犬」だが、絶対に口にしたくないワードである。思いつくだけで背筋がぞっとする。

ペンキ屋さんは、昨日で仕事が終わったのにもかかわらず、今日も来て、昔、駄菓子屋さんなどにあったガラスの陳列棚を持ってきてくれた。このまえも、子供が遊ぶ二輪車（トンボといったように記憶している）をもらった。うちに古いガラクタが沢山あるのを見て、持ってきてくれたのだ。普通ならば捨ててしまうようなものが、ときどき大事なものになる。

もの凄い晴天なので、気持ちが良すぎて、落ち着かない。それで、飛行機を飛ばしにいった。これは、普通の人には意味が通じない。飛行場へ行く、という言葉も普通とは違う意味合いで使っている。つまり、模型飛行機を飛ばしにいく、という意味だ。久しぶりで面白かった。一言で表現すると、

ふわふわでわくわくする。

ガレージは1階のドアを開けておくと、蠅や蜂などの虫が中に舞い込む。そうすると、天窓の明かりの方へ上がっていく。こうなると、もう彼らは絶対に逃げ出せないようだ。つまり、低いところへは戻ろうとしない。

河川工事は、最後の仕上げで、午後から庭師さんが2人来て作業。エッジの芝を戻し、石を貼ったりした。草が伸びて、来春にはコンクリートをすっかり覆い、小川らしくなるだろうか。

2005年11月3日(木)

庭園鉄道運行

午前中はなんとか天気がもったので、久しぶりに庭園鉄道を運行した。工事のため長らく線路が不通だったが、昨日ようやく全線復旧したから。最初はゆっくりと走ってみる。不具合はなかった。しかし、方々整備の必要はありそう。

午後は、11月3日なのに雨がぱらついた。庭師さんが夕方に来て、最後の仕上げをしていった。これで一応工事は終了。来週もう一度、水を抜いて掃除をするとのこと。そのあと、さらに少し経てば、魚も入れられる。水草などは来春に植える、ということだった。

スバル氏は新しい花壇を計画していて、レンガを買ってこい、と指令を出している(僕に)。紅葉も赤くなったし、ほかにも黄色に色づいた樹も多く、庭園はカラフルな風景になっている。毎日落ち葉拾いをしているのでそれほどでもないが、緑の草の上に点々と赤い紅葉がトッピングされている光景は、それなりに趣がある。少しだから良いのだろう。ちなみに、落ち葉を拾っている理由は、下の草の光合成を少しでも助けたいから。それから、落ち葉の下に虫がいることが多いので、害虫が減るのでは、と勝手に推定してのこと。しかし、一枚一枚葉っぱを拾うという行為自体が面白く、精神衛生上よろしい、と感じる。この理由が最も大きい。

夕方、パスカルを連れてホームセンタへ行ったが、スバル氏はまたチューリップの球根を買おうとしていた。「もう200個も買ったでしょう?」と言うと、「別の色が欲しくなった」とのお答。これは、洋服のときと同じシチュエーションだ。僕は工具を少し買った。

小説の方は『メフィスト』のゲラが来て、これは2日で読んだ。今週は『ラピタ』と『日経パソコン』の4回分を片づけるか、あるいは手をつける、くらいの予定。そのあと、『水柿君2』ノベルス版のゲラを読んで、角川の連載初回の原稿を書く、といったあたりが来週の計画。1日3時間のペースでなんとか乗り切りたい。

2005年11月4日（金）

のんた君

今日も朝から晴天。落ち葉拾いもした。午前中は一人で出かけ、お昼に戻る。今日もビートが好調。午後は研究関係の打合せを３時間ほど。この約束がなかったら、今日も飛行場へ行ったかもしれない。

光が綺麗な日なので『ラピタ』のために写真を撮る。夕方に、庭園鉄道を20分ほど運行。それから、バキュームで掃除をしていたら、講談社のＫ城氏が来宅。

500万部突破記念（講談社オンリィ）のグッズで、のんた君のぬいぐるみを作っているのだが、先日東京でその試作品を見せてもらい、いろいろ注文をつけた。それらが修正された第2バージョンができたので、彼女が持ってきてくれたというわけ。立体はメールでは送れないから。ほかにも、700万部突破記念パーティの段取りや、『メフィスト』のゲラ渡し、それから、１月の短編集の打合せなどをした。

のんた君は、かなりイメージが似てきた。あと、鼻の位置が１cmくらい下で、顎を1.5cmほど引いてほしい、という要求を出したのみ。もともとは、浮遊工作室のミステリィ制作部のトップページにある絵だけから起こした人形なので、それを思うとよくできている。一流のぬいぐるみ師（？）が手がけているらしい。

当初、お世話になった編集者と、僅かな友人たちにプレゼントするだけの数（50匹くらい）を製作するつもりでいたが、数が多くなるほど単価が下がるので、もう少しだけ作っても良いかな、というような話も出た。どうなるかはわからない。でも、500匹も作るなんてことには絶対にならないので、もし少しだけ販売をするようなことになっても、かなり高い値段（3000円くらい？）になるだろう。どちらにしても、売ったところで利益など出ないわけで、そんな高いものを売るなんて、と思う気持ちと、しかし欲しいという人は少数だがいるだろうな、という気持ちと、まあ半々か。

ところで、本もののんた君(「の」が3つ連続)は、今でもちゃんとソファに座っている。1年に2回ほど衣装替えをしている。ブライスは一度も着替えないのに比べれば、優遇されている方である。

2005年11月5日(土)

モデラ集う

1年で一番晴れてほしかった日。1週間まえの予報では雨だったけれど、3日まえには曇りになり、当日はもの凄い秋晴れになった。今日は、模型界の神様のような方々、そして一流のモデラたちが、当欠伸軽便鉄道弁天ヶ丘線を訪れた。こんなことはもちろん初めてである。8月に国際鉄道模型コンベンションに参加したことで実現したもの。

一番のお楽しみは、大阪の木内氏が製作したシェイという機関車。T型というボイラを装備している。この型式では日本で初めてのものではないか、という非常に珍しい機関車で、製作に7年もかかっているとか。それが、今日初めて火を入れる、という、ちょっとそんなのありえないくらい凄いイベントなのだ。

素晴らしい作品で、間近に見られるだけでも感動もの。水を入れ、木炭を焚いてなんなく動きだし、集まった9人全員で拍手をした。とても力強い走りっぷりだった。代わる代わるみんなで運転を楽しんだ。とにかく最高に楽しかった。一番嬉しかったのはもちろん木内氏自身だろう。弁天ヶ丘線にとっても、開業以来の特別な日になった。

写真は、そのシェイのスチームアップをしているとき（走るための準備段階）のもの。レンガサークルにもなんとなくマッチしている。ご覧のように、シリンダ（オイルをさしているところ）が、機関車の右サイドに集中していて、しかも縦置き。ボイラは逆に左側へ寄っている。完全な左右非対称だ。動力を台車へユニバーサル・ジョイントで伝達し、ギアで全輪を駆動する。この天才的なデザインを考えて製品化した人がシェイさんだったので、この名で呼ばれている。アメリカの森林鉄道などで大活躍した機関車で、僕が最も好きなタイプの一つ。少なくとも何十台もシェイの模型を持っているけれど、こんなに大きいものはもちろんない。運転もさせてもらって大満足の一日（当日のディテールは、浮遊工作室の機関車製作部のA＆Bレポートを参照のこと）。

そういうわけで、お客さん８人と一緒に日中はずっと庭園鉄道で遊んでいた。庭にテーブルと椅子を並べて、枝豆を食べた。パスカルも皆さんに遊んでもらい、夕方は疲れてばったり横倒しで眠っていた。主人と同様、刺激的な一日だったようだ。

2005年11月6日（日）

また留守番

朝、スバル氏がよそ行きの服を着ているので、「あれ、どこか行くの？」ときいたら、「東京」とのこと。そういえば、娘が今年も代官山でグループ展をするので、見にいくと言っていたことを思い出す。何の展覧会か詳しくは知らない。絵か写真かどちらかだとは思う。

スバル氏を駅まで送って、戻ってきたら雨が降りだした。だから、パスカルとずっと家の中にいた。昨日が晴れで良かった。一日ずれていたら、大変だった。

パスカルはずいぶん大きくなったので、久しぶりにビデオを撮ってやった。家の中でボールを投げて、それを持ってくるところを撮影。あと、「おて」と「かえて」も録画した。しょうがないなあ。これが親バカというやつか、と思う。これを来客みんなに見せたら危ない。でも、よしもとばななさんには見せたことがあるぞ、と反省。

留守番なので、パスカルを残してガレージに籠もるわけにもいかず、パソコンを持ってきて、リビングでほとんど過ごす。執筆主力マシンは持ち運ばないことにしているため、予定を少し変更して、ゲラをさきに読むことにした。最近、ゲラを読むのが画期的に速くなって、小説だと5日くらいで読める（1回しか読まないのだが)。以前は2、3週間かかっていたので、実に4倍速である。

それから、リビングにはテレビがあるので、DVDとかを見たくなってしまう。あと、ケーブルで映画を見たくなる。

コロンボを見てしまった。久しぶりだ。当時は感動したけれど、今見ると、非常にあざといというか、わざとらしい展開で、無理があるなあ、と感じてしまった。これは作品の劣化ではなく、文化の発展と解釈しよう。なにしろ、最初にコロンボを見たのは中学生のときで、あのときの衝撃は忘れられない。NHKでゴールデンタイムに放映していたが、試験の前日でも見たものだ(一夜漬けしかしない子供だったので、前日は勉強に集中していたのに)。ピータ・フォークは、最初の頃は眼孔が鋭く、本当に格好良い。

あと、インスタントのラーメンも食べた。久しぶりで新鮮だった。

留守番すると、このようにいつもと違う日になるから面白い。

写真は、2日まえに撮ったもので、ポーチのベンチの位置が変わったところ。紅葉が赤くて、家の色に映える。

2005年11月7日(月)

濡れ落ち葉

昨日は大雨で、朝方ようやくあがった。久しぶりによく降った。庭には沢山の落ち葉。綺麗といえば綺麗だ。昨年までは放置しておいたのに、今年は拾っている。手で一枚ずつ拾うときは濡れている方が効率が良い。摘みやすいからだ。逆に、電動のバキューム（つい最近8000円で購入）で吸い込むときは乾燥している落ち葉の方がうまくいく。今朝は1時間ほど手で拾った。周りをパスカルがうろうろしている。ときどき、大きな葉っぱを口にくわえて持ってくる。何をしているのかわかっているのだろうか。

枝に残っている葉っぱがとてもカラフルで楽しい。この季節は写真の枚数が増える。このまま散らずにずっと枝についていてほしいところだが、そうもいかない。秋限定バージョンということ。赤と黄と緑で、シグナルのようは派手な配色。ガレージも白くなったので、ますます映える。

緑の葉っぱはまだ大丈夫、黄色は少し注意、赤くなったらもう終わり、という自然の色の変化から、シグナルの色が決まったのだろうか。

また、秋から冬にかけては、この地方は日差しがクリアで、これも写真に向いている。眩しいほどで、サングラスをかけていないと昼は目が疲れるくらい。こういうのは、飛行機を飛ばしていると

き空を見るから感じることだろうか。

午前中は研究の打合せがあったので、2時間ほど出かけた。その間、パスカルは留守番。家の中を自由に行き来できる状態なので、信頼されている証拠。人間の子だとこうはいかない。午後は、パスカルのいるリビングで仕事をした。パソコンをしていると、両手の間から顔を出したりするので、そのたびに遊んでやらないといけない。とにかく遊ぶのが好きなのだ。

スバル氏が帰ってきたら、玄関から飛び出していって、ミサイルみたいだった。大喜び。こんなに喜ぶなんて、気持ちがリセットできているからだろうか。朝も2階から下りてくると、階段のところで尻尾を振り回して大喜びする。毎朝なのだから、少しは慣れても良さそうなものなのに、不思議だ。

2005年11月8日(火)

石炭を燃やす

晴れた。朝から庭に延長コードを延ばしてバキュームクリーナで掃除をした。濡れた葉っぱを吸い込んでだんだん重くなる。クリーナを持っているだけの作業なのだが、知らないうちに汗がぽたぽたと落ちている。健康的なエクササイズかも。

午前中は3時間ほど仕事をした。午後は天気が良いので、機関車を走らせることに。先日の土曜日に、素晴らしい機関車がここを走ったので、やりたくなったのだろう。3月に走らせて以来、半年ぶりだと思う。まえのとき、水をボイラへ送るポンプが不調だったので、まず、30分ほどかけて分解し、それを調整し直した。

石炭を入れて火をつける。土曜日のシェイは木炭を使っていたのでまったく臭わなかったけれど、石炭は独特の臭いがする。スバル氏が玄関前で日向ぼっこしながら本を読んでいた。パスカルも外にいる。火をつけて20分ほどで蒸気の圧力が上がり、走りだした。ポンプは最初はやはり不調で水が漏ったが、これはジョイントの締め不足だった。後半は快調。

スバル氏が写真を撮ってくれた。こういうことは非常に珍しい。彼女は、ちょうど自分のフィルム・カメラで庭（黄色や赤の葉の樹）の撮影をしていたところだったのだ。この頃、自分の写真はできるだけ載せないようにしているが、夫の晴れ姿を撮ろうという彼女の愛情あふれるショットだけに、無駄にするわけにもいかない。異例のことではあるけれど、ここにアップしよう。これでもう面が割れてしまったな。

20周くらい回ったから、3kmくらい走ったことになるか。いつも機関車の調子が出てくる頃には、運転手が疲れてしまう。

このあと、スバル氏の買いものにつき合い（駐車場でパスカルと待っている役）、戻ってきてから、ようやく冷えた機関車の掃除をした。煤払いをして、掃除機で吸い取る。電気機関車みたいに簡単に動かないし、後片づけも面倒なのだが、その分少し面白い。

2005年11月9日（水）

パスカル池に落ちる

午前中は所用のため一人で出かける。昼過ぎに戻ると、庭でスバル氏が雑誌を読み、パスカルが遊んでいた。絵に描いたような平和。

今日も、朝は1時間ほど手で落ち葉を拾い、昼からまた、クリーナで落ち葉を吸い取った。手で拾うと、その場所その場所の乾湿がわかるので、得られる情報は多い。あちこち手で拾った上で、クリーナを使うのが合理的だと気づく。

スバル氏とパスカルをつれてホームセンタへ行き、苗と土とレンガを購入。帰宅して、その苗を植えていたら、どぼんという音がした。「パスカルが池に落ちた！」とスバル氏が慌てている。彼女がすぐに救助したが、底に脚がついたらしく、水面から顔だけ出して、立っていたという。「助けて下さい」という顔だったとか。そのあと、もう庭にいたくない、とでも言いたげに、急いで家の中に入ろうとする。タオルで躰を拭いてやったが、かなりショックだったようだ。

しかし、10分ほどしたら、なにごともなかったかのように立ち直っていた。この頃、走るのが速くなったし、日に日に大きくなっている感じ。それでも、シェルティとしてはまだ小さいように思う。

ここ数日、少し忙しくて工作はできず。小説の方は、1日2時間くらいは割ける。幻冬舎ノベルスのゲラがもう少し。『ラピタ』の連載は書けた。『日経パソコン』はイラスト4枚がこれから。次は『野性時代』の新連載に1週間をかける予定。タイトルは『もえない』に決めた。遅れている中公ノベルスの『ダウン・ツ・ヘヴン』はまだ発行日は決まっていない。今日、講談社文庫『赤緑黒白』が届いた。この頃、メールの感想は「Vシリーズ」が最も多い。世の中、文庫がメジャなのだ。

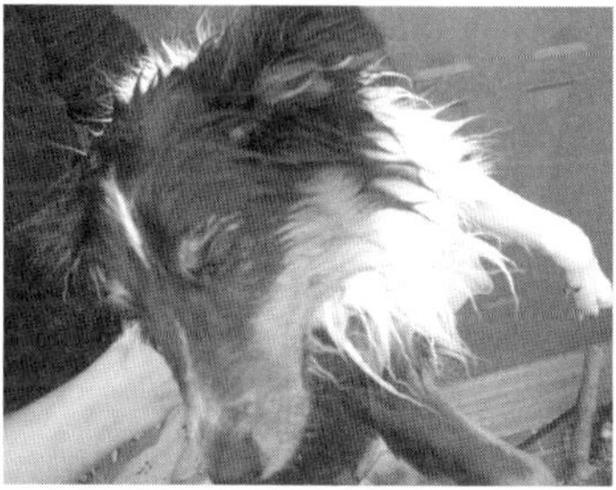

　毎日、色づいた葉っぱを眺めて「綺麗だな」とつい呟いてしまうのだが、このように、秋に葉っぱが色づくことを表す言葉は？「紅葉」では、赤くなったものだけで、黄色いものには使えない。「黄葉」という言葉はあるが、一般には使われていないように思う。赤くなるものと、黄色になるもの、どちらが多いだろう。うちの庭では黄色の方が多い。

2005年11月10日（木）

ガーデニング

　今日も晴天で暖かい。朝から、スバル氏が花壇を作るのを手伝った。土を掘り返し、レンガを並べただけのもの。モルタルで固めたわけではないので、仮設置みたいな気もするけれど、これで完成形らしい。

　パスカルは庭を走り回っている。「脱兎君」と呼びたくなる。ホースで水を撒くと、相変わらず、口を開けて突入してくるので、すぐ

にびしょぬれになる。これがすぐに乾くから、不思議。

昨日落ちた池でも、また水を飲んでいた。まったく懲りていない。学習していないように思えるが、毎日リセットして新鮮な喜びが味わえる人生(犬生?)だとすれば、それはそれで羨ましいかも。

スバル氏の友人が訪ねてきて、庭で紅茶を飲みながらおしゃべりを始めたので、その間に小説の仕事を片づけた。『ラピタ』は推敲して発送。『日経パソコン』も4回分を送った。そのあと、イラストの下書きをして、文字をロットリングでペン入れした。あとの作業(絵はデジタル)はスバル氏なので、僕の仕事はもう終わり。片づいた。『日経』の連載は、以前は自分で写真を撮っていたので、文章とは別に写真のギャラがもらえた。新しい連載では、写真の代わりにイラストになったので、そちらはスバル氏の取り分になったが、僕としては下書きをして文字のペン入れまでしているので、写真のときよりも作業的にずっと大変になっているにもかかわらず、ギャラが減ってしまった(笑)。写真よりイラストの方が高いので、森家トータルとしては増えているのだが。まあ、使い込んだ古いネタばかりなので(編集部からの指定<言い訳だが)、文句を言える立場でもない。

夕方はまたホームセンタへ行った。今日も苗をいろいろ買ってきた。穴を掘って植えるのは僕の仕事。まだまだ植える場所があって、足りない感

じがする。スバル氏が大量の球根をすべて植え終わっているので、どこに穴を掘っても、球根に当たる。庭中が危険地帯の状態だ。

2005年11月11日(金)

Macばかり

今日も午前中は出かけていた。夕方から3時間ほど工作ができた。1週間ぶりくらいで、やはり晴れ晴れとする。

ダ・ヴィンチから『100人の森博嗣』(文庫版)が届いた。メディアファクトリーでは文庫はこれが初めて。装丁が良い(絵が良いという意味ではない)。

この頃、電子出版というものがある。10年もまえからあるが、なかなか普及しない。僕の著作も何冊かは、デジタルのメディアになっている。ただ、それを自分で読んだことがない。今日も、CDが送られてきたのだが、ウィンドウズ対応のソフトなので、Macでは見ることができない。漫画の電子出版も毎月届くが、これもMac非対応。自分の作品が連載しているときは、これでは困るので、プリントアウトを送ってもらった。情けない話である。著者が自分の作品を見られないなんて(この場合、情けないのは著者ではなく、出版元のことである)。

こういったことは、これまでにも数知れずあって、自分の作品に限らない。いろいろ送りつけてくるもの、あるいは宣伝の類でも、Macでは見られないものが多い。宣伝効果は明らかにマイナスである(送らなかった方がまだ良かったという意味)。

ウィンドウズのパソコンを買えば良い、というのが一般的な解決かもしれないが、残念ながら、僕にはそんな気は毛頭ない。現在のこの状況に大いに不満を感じるけれど、しかし「不便」だとは感じない。不便を感じてほしいのは、相手方である。もし森博嗣に読んでほしかったら、Macにも対応したものを送ってほしい。それだけのことで綺麗に解決する。

実は、MacはWinをエミュレートすることができるので、不可能ではないのだが、しかし、わざわざエミュレートしてまで使いたいソフトがWinにはなかった。Winを使うメリットをまったく感じないので買わない。

Macを使い始めて15年になる。研究の数値計算もすべてMacだ。今のところ、Macユーザで不便を感じたことは一度もなく、不具合を感じたこともない。逆に、恩恵が非常に多い。2000年問題も無縁だったし、ウィルスの心配もない。使いやすいし、15年昔の文章だって、図面だって、すべて使える。データが生きている。15年まえはWinはまだなく、MS-DOSだった。形だけMac OSの露骨な真似をして、Winが作られた。

食わず嫌いではない。研究室でMacを100台買えば、1台くらいの割合でWinマシンを買ったことがある。触ってみたこともある。ホテルに据え付けのマシンをしかたなく使うこともある。そしてそのたびに、「ああ、世の中の人はこんなもので我慢しているのだな」と感心する。

ブラウザも、ネスケの4.7をまだメインで使っている。僕が見たいサイト（海外が多い）は、これですべて見られる。ときどき、safariを立ち上げることもあるし、エクスプローラが必要なこともあるけれど、だいたい、エクスプローラは途中で挙動不審になって自分で勝手に終わってしまう。

ノートはすべてスリープしているわけで、リスタートすることは滅多にない。現在、書斎では、4台のノート（Power Book）を同時に使っている。1台が執筆用で、3台はブラウザがメイン。自宅にはほかに7台くらいMacがある。スバル氏はもちろん、娘も息子もMacを使っている。

しかし、けして人にはすすめない。自由である。自分の好きなものを買えば良い。現在では性能にそんなに差があるわけではないだろう。差があるとすれば、それは思想だ。

写真は、とある建物の階段室のサイン。こんなに大きい文字が必要とは思えないのだが。

2005年11月12日（土）

100円ショップ

朝は雨上がりだった。毎朝、パスカルを庭で30分くらい遊ばせる。今のところ、リードをつけて外へ出ようと言ってもあまり行きたがらない。散歩は10mくらいで、1分もできない。すぐに「帰る」と言いだす（言わないが）。庭ではまあまあ長時間遊べるようになった。池を飛び越えることもできるようになった。

ボールを投げて、それをくわえて持ってくる、という遊びが一番好きだ。家の中でも、いろいろ持ってくる。各種ボールを20個くらいパスカルのおもちゃとして与えたが、そのほとんどは最終的にはソファの下に入って取れなくなる。

スバル氏が猫っ可愛がりしているので、とにかく甘えん坊。おやつも沢山もらっている。ササミか、ボーロか、ジャーキだ。ボーロはこの頃は、「かうかう」と呼ばれている。食べるときに、かうかうと音がするからのようだ。日々新しい言葉が生まれている。

ウェットな写真ばかりだったので、たまにはドライなものを。まだ、後ろ脚を投げ出す格好でふせをする。

午前中一番でホームセンタへ行き、僕は塗料とアルミ素材などを購入。スバル氏は種と球根を買っていた。クリスマス用のイルミネーションが沢山並んでいた。発光ダイオードが普及したおかげで、昔よりも省エネにはなっているようだ。しかし、森家はクリスマス装飾はしない。もしやるなら一年中いつでも好きなときにやれば良いと思う。どうも季節限定で、みんなで示し合わせてするイベントには引いてしまいがち。

しかし、クリスマスのときだけ買えるグッズがあって、特にベルは各サイズ、いろいろ出回るので、模型で使うために購入してストックしておく。

今日は100円ショップへも立ち寄ったが、いつもどおり眺めているだけで買えなかった。100円だから買う、という、値段で購入を決意するような判断をそもそもしないためだと思う。値段を知って、買うのをやめることはあるけれど、値段を知って買う気になるものは、僕の場合はほとんどない。そういう買い方をすると、さほど欲しくないものを「買わされる」という感覚になるものと想像するのだが。

『野性時代』にシリーズものを連載するので、それを書き始めた。今日は4000文字ほど書いて、ストップ。最初にしては滑らかなすべりだし。

昨夜からお風呂に入っている。これも半年ぶりくらい。一年の半分はシャワーなので、湯船に浸かると、ああ冬が来るな、と思う。

2005年11月13日(日)

文庫

曇りがちだったものの、暖かい一日。朝はクリーナで庭の掃除をした。パスカルは走る走る。夕方は、リードをつけて散歩に出た。家から200mほど離れることができた。胴輪は既にぎりぎりで、もう大きいものを買ってこないといけない。少し胴回りが太すぎるように思う。

この時期、各方面から、「ベスト何某」のためのアンケートが送られてくる。この1年間に発行されたものの中から、これはという作品を選べ、というものだが、今までに一度も答えたことはない。そんなに本を読んでいないし、偏った読書をしているので、純然たるデータにならないだろう、と思うからだ。

もう一つ非常に抵抗があるのは、「今年出た文庫」ではない、という点。ご存じの方は少ないと思うが、多くの小説はまず単行本になって、約3年後に文庫になる。小説ファンはこんなこと常識だと考えているが、普通の人は知らない。僕も知らなかった。

新聞などで賞を取った本が紹介される。ベスト○○なんてものも目にする。しかし、書店に行って探してみると、そんな本はないのだ。棚を回っても、そんな作者さえ見つからないことが多い。何故か？

つまり、小説を文庫でしか読まないからである。大多数の人は文庫しか読まないのであって、こちらの方がはるかにメジャなのに、ほんの一部の人たちが「新作」を選んで、騒いでいるように感じる。ずっとそう感じていた。自分の小説が本になって、初めてこの仕組みがわかったものの、しかし、やはり単行本を読む層はマイナで少数であることには変わりない。そもそも、書評を気にしたり、ベスト○○を気にしたりするのも、この少数の層なのだし、その内輪でやっているのだからこれで良い、といえるだろうか。

11月に出る文庫の写真を撮った。「いよいよVシリーズが完結ですね」というメールを沢山いただいている。Vシリーズの装丁は、鈴木成一デザイン室。装画は、いとう瞳さん。素晴らしいデザインに恵まれて10冊を揃えることができ、とても嬉しい。『黒猫の三角』のとき、鈴木さんとメールでかなり議論した結果生まれたもので、それも懐かしい。個人的には最も好みのデザインだ。

一方、メディアファクトリーでは初めての文庫になる『100人の

森博嗣』は、単行本のカバーに書いた僕のイラストを上手くアレンジして作ってくれた。中のデザインも気が利いていた。

個人的には文庫が大好きで、本は全部文庫になれば良い、と考えているけれど、しかし、大きな本も欲しい人がいる。単行本を出している理由は、「望む人がいるから」だ。そもそも、望む人がいるから本が出るのだし、作家も書いているのだと思う。

2005年11月14日（月）

形を認識する

曇り。研究関係で朝から出かけていた。モビリオが車検だったので、工場に出してから行く。２時頃に帰宅して、１時間ほど庭で遊んだ。午後は風もなく暖かかった。朝顔がまだ咲いているし、ときどき蚊も飛んでいる。

夕方、小説の仕事を２時間ほどした。『野性時代』の連載の初回1万2000文字を仕上げて送る。最初は短編を10作書くつもりだったけれど、ネタを合わせて1つの話になりそうな予感がしたので、自分を信じて長編にした。3000文字くらい書いたときにこの変更をした。いつもそうだが、最初、3000文字くらいが一作の山で、ここまで来ればあとは下り。時間はかかるけれど悩むことは少ない。

なんというのか、一番高いところで、見通せるようになる。といって、すべてが見えているわけでは全然ないが。ストーリィの形を一瞬で見る、に近い。

先日の講演会で、「ストーリィの先はまったく考えていない」と言い、また「女王シリーズ3は日本が舞台で一番面白いだろう」と話したら、「考えていないと言いながら、舞台も決まっているじゃないか。面白いと何故わかる?」というメールをいただいた。しかし、このとおりなのだ。ほとんどなにも考えていないが、ぼんやりとした雰囲気や、ぼんやりとした全体の形がある。その雰囲気や形に合うように、書きながら考える。たとえば、誰でも人の顔を認識する。しかし、それを絵に描くことはなかなかできない。雰囲気やぼんやりとした形は知っているのに、ディテールはまるで表現できない。描きながら、こうかな、いやちがうな、と考えるしかない。

ここで話題が変わる。ものの形を人間の頭脳が認識する素早さといったらない。画像処理の高速チップ並みだと思う。一番顕著なのはやはり人の顔で、ぱっと見てそれが誰なのかを即座に認識できる、その処理の速さは驚異的だ。また、分解能というか、ほんの少し違っているだけで、別人だと判断できるのも凄い。表情が変わっていてもその人だとわかる。

ただ、大きく口を開けて、もの凄い怒った顔だったりすると、わからないだろう。そんな顔のままで銀行強盗すれば、ばれないかもしれない(笑)。

自動車の車種をほんの小さな子供が言い当てるのも、同じだ。幼稚園児なのに、走っている車をすべて識別できる、なんていう男の子は珍しくない。興味のない大人から見ると、「あんなに、似たり寄ったりのものをちゃんと識別できるなんて凄い」となる。だが、車には表情がないので人間の顔を見分けるよりははるかに簡単である。ただ、普通の人は、自動車の形を、人の顔のように見ようとしていないだけだ。つまり、大人はそれだけ興味の対象を自分で絞っているし、能力を閉ざしている。

自分の経験だが、見慣れない車が駐車場にあったので、どこの車だろう、と近づいて確かめたら、事故のため僅かに歪んでいただけだった、ということがある。その僅かな違いで、別の車に見えたのだ。

一方、人の認識は不思議なもので、たとえば、顔が上下反対になっていると、もう誰なのかわかるまでに時間がかかってしまう。文字も裏返しになるだけで、すぐには読めなくなる。こういう面は機械の方は処理が早いし、正確さという点でも機械が上だろう。

映像だけではない。声や音色の認識などでも、機械の処理速度と精度は上がってきている。ただまだまだ人間には及ばない領域がある。

2005年11月15日（火）

下手な運転

3時間くらい庭で作業をした。掃除をしたり、線路の確認をしたり。朝は寒かったが、午後から暖かくなった。葉っぱがだいぶ落ちた。枝に残っている方が少ない樹が増えている。
『ラピタ』と『日経パソコン』のゲラを確認。1月の短編集のゲラを読み始めている。紙に書かれた文字を読むと目が疲れるような気がするのは、不慣れだからだろうか。角度の問題かもしれない。もともと遠視なので、老眼かどうかがわからない。視力はだいぶ落ちて、今は両眼とも1.5しかない。

車の運転をしていて、最近思うこと。少し細い道などで右折する車がいるために、その後ろの車が前へ出られなくなって、渋滞することがある。右折車線があればこの問題は起きない。この20年間で右折車線がどんどん作られたから、それは評価できる。しかし、右折車線なんてものがなかった時代には、右折する車はできるだけ右に寄って、あるときはセンタラインを少し跨ぐくらい中央に寄って、後ろの直進車を通したものだ。なるべくみんなに迷惑をかけない、という優しさがあったと思う。それが、右折車線ができたことで失われたのだろうか。
「自分は右折するのだから、しかたがない」と堂々と車線の真ん中でウィンカを出している車が増えた。もう少しだけ右に寄ってくれれば、みんなが通れるのに、と思うことが多い。おそらく後ろなど見ていないのだろう。そういう人にかぎって、馬鹿でかい車に乗っているものだ。

もちろん、そんなことでいらいらする方もどうかしているだろう。別に待ってやれば良いではないか。そう、そのとおりだ。

左折するのに、反対の右へハンドルを一旦切り、少し膨らんでから左へ曲がると、左後輪を歩道の角にぶつけないで済む。それを律儀に守る車も多い。そんなハンドル操作が不要なところでも右へ膨らむのだ。左へ曲がるときはまず右へ出る、という条件反射だろうか。対向車がびっくりしてブレーキを踏んでいるのにも気づいていない。そういう人にかぎって、馬鹿でかい車に乗っているし、細い脇道へ入ろうとする。

もちろん、そんなことでいらいらする方がどうかしているだろう。良いではないか、事故がなければ。そう、そのとおりだ。

結局、運転技術の問題ではない。そういう人は、歩いていても、あるいは生活していても、周りのことを気にせず、小さな迷惑をかけているのにちがいない。まあ、小さなことだし、悪気があるわけでもない。良いではないか。うん、そのとおりだろう。

2005年11月16日（水）

乳母車

秋晴れ。今日は、研究者の友人が午前中遊びにきたので、3時間ほどアカデミックな話をした。なかなか面白い内容だったが、役に立つ話ではない。午後は、庭師さんが来て、庭でポンプのフィルタを付けたり、落ち葉が排水槽に入らないように金網を取り付けてくれた。池の水も一旦全部入れ替えて掃除をした。夕方は、庭にバンドソーを持ち出し、鋼材をさくさく切断してから、溶接をした。屋外の工作は気持ちが良い。すべて含めて1時間くらい。溶接は自分でもだいぶ上手くなったと思う。200本入りの溶接棒がまだ半分くらいあるから、初心者ではある。

スバル氏はパーティに備えて部屋の模様替えをしていた。主として、パスカルの寝床やトイレを移動した。犬の本によれば、トイレを移動すると犬が混乱して失敗をするので、毎日少しずつ移動せよ、とある。しかし予想どおり、スバル氏は隣の部屋まで一気に7m近く移動させた。しかし、パスカルはちゃんと理解したようで、問題なかった。

そういえば、この頃、パスカルが庭で遊んでいると、近所の犬が挨拶していく。みんな友好的である。しかし、飼い主はかなりの確率で、「パステル君だよ」と間違った名前を教えている。

乳母車を買った。まえからこのタイプを探していたのだが、ようやく見つかって購入。買ったあと、スバル氏に「もうすぐ乳母車が届くよ」と話したら、予想どおり彼女はパスカルを乗せようとすぐに発想したようだ。しかし、この乳母車は本ものではなく、人形を乗せて子供が遊ぶために作られたいわばおもちゃである(といっても、非常に精巧な作りなので値段は本ものと変わらない)。「いや、小さいからね、乗らないかもしれないよ」とは言っておいた。

それでも、スバル氏はパスカルに「もうすぐ、ばぶばぶだよ」と話しかけていて、赤ちゃんが頭につけているひらひらの布(なんていうのだ、あれは?)とか、アメリカのアニメだと必ず赤ちゃんが口にくわえているゴム(ほ乳瓶の先みたいなの)とかを買

ってこようとしていた(渾身の努力で思いとどまらせた)。

現物が届いて、箱から出したら、「これなら乗る乗る」と彼女が言いだすので、パスカルをなんとか抱きかかえ、後ろ向きにお尻から入れようとしたけれど、彼も「お願いですから、もう勘弁して下さい」と切ない顔をするので、一緒にスバル氏を説得した結果、諦めることになった。もう１カ月早かったら乗っていたかもしれない。

夜は、パスカルシャンプー。水やりのときは飛び込んでくるくせに、風呂場のシャワーは嫌いみたいだ。

2005年11月17日(木)

消えたデジカメの謎

午前中はガーデニングと工作。秋晴れで風は冷たいが日差しは暖かい。今日も鋼材を切って、溶接をした。塗装もした。

午後、平井憲太郎氏が来宅された。彼は、江戸川乱歩の孫に当たる方で、小説雑誌などでも幾度か登場されているけれど、そんなことよりも、セデフとして、また写真家として、あるいは雑誌『とれいん』の編集長として有名な人物。はっきりいって、こちらの世界では、江戸川乱歩よりも知名度は高い。こちらの世界というのは、鉄道ファンの世界のことだが、もちろん、小説ファンの何倍もいるので、やはりメジャである。

庭園鉄道の運転をしたり、写真を撮ったりしていかれた。帰るときは、隣の駅にいる凸型電気機関車を撮影していく、と話されていた。僕もときどき見にいくやつだ。

彼を駅まで送っていってから、ふと気がつくと、デジカメがない。いつもポケットに入れているし、ついさきほど、平井氏が庭園鉄道の機関車を運転しているところも撮影したばかり。パスカルも撮った。そのデジカメがないのだ。やっぱりプリントしとかなきゃ、という話ではない。

これはよくあることである。だいたいは、どこかに無意識に置いてしまった結果だ。しかし、今回はその後1時間探しても出てこなかった。自分の家の敷地内には必ずあるはずなのだが、見つからない。さらに1時間、庭にも範囲を広げて探したが見つからない。

そうこうするうちに、講談社のK城氏が来宅。パーティの打合せなどをする。デジカメがないと話したら、「では、明日パーティの出席者全員で大捜索しましょう」「なにか懸賞をつけましょう」という提案があった。そうなるまえに見つけたいところだが……。

自分が歩いたところを思い出して、幾度も見回ってみたがどこにもない。ここまで探して見つからないのは、かなり不思議。

残された可能性は、どこかに落ちたところを、パスカルがくわえて持っていったか……。ストラップがついているから、紐の好きな彼はくわえるかもしれない。その場合は、家のどこか見えにくい場所にあるかもしれない。それとも、デッキで落としたら、木と木の隙間から下へ落ちた、という可能性もある。念のために、

デッキの下もざっとは歩いてみたが発見できなかった。

暗くなったあとも、懐中電灯を持ち出して、さらに探し続けたが、結局見つからず、本日の捜索を断念。明日また探すことになった。

だから、今日は写真がありません。と思ったが、しかたがないので、パスカルがまだ小さい頃の写真で我慢して下さい（こっちの方が良いか）。写真はクリックすると大きく見られますよ。

2005年11月18日（金）

700万部突破記念パーティ

昨夜は消えたデジカメのことで頭がいっぱいだった。その後も、自分の行動を思い出して、ずっと考えていた。寝る直前、歯を磨いているときも、考えていた。電車を運転しているときのこと。そのときの自分の姿勢。すると、走っているとき、一度後ろを振り返った映像が頭の中で再生された。何故振り返ったのか……、と疑問に思うと、急に、キンとほんの小さな音を聞いたことを思い出した。そのときは、レールのつなぎ目が軋んだのか、あるいは、車両の連結器の音か、と思ったようだ。あとで調べてみよう、と考えたかもしれない。

そこで、そのキンという音を聞いたあたりへ、懐中電灯を持って探しにいった。夜の1時頃である。線路は高架の部分で、その付近の草をすべて掻き分けて探した。そして、まさにその場所で草の中深くまで入り込んでいたデジカメを発見したのだ。

そうか、探すということは、歩き回るだけではない、思い出すことなのだ、と再認識。すなわち、見つからないものは、必ず頭の中にある。このように、最後は記憶の中を探して発見した経験が、これまでに5回ほどある。それなら、最初から考えれば良いではないか、とは思うのだが、簡単には思い出してくれない。特に今回は、音の記憶だった点が、時間がかかった原因だ。視覚の記憶に頼っているためである。

そういうわけで、今日は朝から、デジカメを探さなくても良くなって、とても晴れ晴れとした気持ちで、庭の掃除をした。スバル氏から頼まれて、ダンボール箱を10個くらい解体して燃えるゴミも出した。鉄道の整備もできた。

花がいくつか届いた。チョコレートも届いた。それから、お昼頃には蝶ネクタイの人が来て、料理が沢山運び込まれた。お酒は2日まえに清洲から酒屋さんが持ってきてくれた。

午後、次々にお客さんがやってきて、パーティが始まる。これは、

700万部突破記念パーティで、集まったのは、各社の森博嗣担当者。つまり、本を作った当事者だ。25人が出席したので、スリッパの数だけでも凄い。玄関は靴でいっぱいになった。パスカルは大喜び。

700万部というのは、デビューしたときは、はるか遠い数字だと思えた。まあ死ぬまでに400万部くらい出せたら良いな、と考えたことがある。ちなみに、現役の作家でも億の単位の部数を出版されている方もいる。凄い数字だ。

本の値段の平均を1000円とすれば、70億円の売り上げがあったのか、というとそうともいえない。何故ならば、売れ残っている部数があるからだ。しかし、印税は売れる売れないに関わりなく出版後に10%が著者に支払われるので、7億円か、というとそうともいえない。何故なら、書き下ろしは印税率が12%であることが通例で、これよりも多くなる。また、書き下ろしでないものは、つ

まり雑誌で原稿料をもらっているのだから、これを加えるとさらに作家の儲けは多い。アシスタントもいないし、マネージャもいない。小説家はたった一人で稼ぐ、今どき珍しい職種である。

料理もケーキもとても美味しかった。以前よりも良い。食べるだけのパーティで、スピーチも一切ないので、なにごともなく無事に終了。残った料理を目当てにしてか、息子と娘も遠路帰宅。しかし、それでも食べきれなかった。パスカルは家族が増えて大喜び。

2005年11月19日(土)

原稿料と解説

風の強い土曜日。午前中はスバル氏とスーパとホームセンタへ。スーパとホームセンタが一緒になっている超大型店が郊外にあって、どこも客が意外に入っている。1000台くらい駐まれる駐車場がいっぱい。車を誘導するおじさん(おじいさん?)が赤い棒を持って、あっちへ行け、こっちへ行けと一所懸命なのだが、「そのまえに貴方が邪魔です」と言いたいことが多い。おそらく、近所の隠居老人が休日だけ働いているのだろう。地域貢献の形か。

昨日の続きで、原稿料のことを書こう。メールで質問してくる人がわりと多く、きっと、作家志望、ライタ志望の方だろう。

原稿料の規準は、400字詰め原稿用紙の枚数で、小説雑誌では、1枚だいたい4000円〜7000円くらい。小説以外の週刊誌、月刊誌などでは、1万円やそれ以上のところもある。新聞はさらに高い。これは、イラストや漫画に比較すると、かなり高いと思われるが、それだけ文章の価値が認められている証拠だろうか。

漫画でも、1枚は1万〜2万円だと聞いている。漫画の1枚は、文章の20倍は時間がかかるだろう。しかもアシスタントも必要で、漫画の場合は原稿料だけでは、ほとんど黒字にならないそうだ。

漫画は、しかし、部数が多いだろう、というのも、かなり過去の話であって、この頃は厳しいようだ。なにしろ、1冊の単価が安いので、同じパーセントの印税でも、小説の単行本の4分の1くらいになってしまう。

原稿用紙で500枚の小説作品を雑誌に連載すれば、トータルで250万円ほどの原稿料になる。それが本になって出版されれば、印刷とほぼ同時に印税がもらえる。1冊も売れなくてももらえる。また、人気が出て沢山売れれば重版になり、そのつどまた印税が支払われる。ノベルスになったり、文庫になったり、形態が変わって出版されれば、本代×部数×0.1の印税がもらえる。

こうして書くと、非常に良い商売みたいに思えるが、そんなに簡単だったら、みんなやっているだろうから、どこかに難しさがあるのだと思う。それをこれから発見していきたい。

11月はもう1冊文庫が出るのをすっかり忘れていた。中公文庫で『ナ・バ・テア』である。単行本が昨年だったから、普通よりも文庫化が早い。大変シンプルなデザインで洒落ている。それよりもなによりも、今回の解説はよしもとばななさんだ。

文庫には解説なるものがつく。今まで、僕は自分の本の解説を同業者である小説家にお願いすることを極力避けてきた。例外として、筒井康隆氏、島田荘司氏、綿矢りさ氏他数名がいるけれど、大部分は別の分野の方である。また、書評家と呼ばれる方にお願いすることもできるかぎり避けてきた。その理由は、小説家や書評家の書く解説は、文字どおりの解説で、すなわち作品が作られた裏舞台を分析する傾向にあるからだ。これは、作品世界に浸った直後の読者が読むのに相応しいとは思えない、とかつて読者だった僕自身が感じていたためである。

しかし、それでも、筒井氏や島田氏や綿矢氏の分析の深さと鋭さは、それ自体が創造的な領域だったし、また、今回のよしもと氏の文章は、そんななかでも本当に凄いと思った。何が凄いのかというと、やはり「文章の力」である。彼女の作品を読むたびに圧倒されるものだ。難しい単語や言い回しをまったく使わずに、これだけの力を発揮できる書き手はまずいないだろう。英語に訳しても、力は衰えないにちがいない。だからこそ、世界中で読まれているのだとわかる。

というわけで、これは幸運な本になった。

2005年11月20日（日）

ドライブ

久しぶりに青の6号を出動させた。2カ月ほど乗れなかったので、バッテリィが危なそうだったため、まる一日かけて充電しておいた。息子を大曽根駅まで送ってから、あとは一人で郊外へ。

やっぱり走るとこれが良いな、と感じる。なんというのか、固有周期がぴんとくるフィーリング。

近頃の車は、とても便利になっている。たとえば、鍵穴に入れなくてもロックしたり解除したりできる。シートのレイアウトが変更できて、荷物を積んだり、人を沢山乗せたりできる。ああ、つまりモビリオのことだ。ホームセンタへ行くのにこんな便利なものはない。

僕が車に乗り始めた頃は、まだカークーラがそれほど一般的ではなかった。ウィンドウは手動だった。ラジアルタイヤもオプションだったし、間欠ワイパも珍しかった。しかも、燃費は悪いし、音もうるさかった。どんどん、車がコンビニエンスでエコノミィになっていることは確かだと思う。

ポルシェだって、今はパワーウィンドウだ。エアコンだってちゃんとある。根っからのポルシェ・フリークは、「ポルシェにパワーウィンドウがどうして必要なんだ？」と言う。そのとおり。しかし、料金所でお金を払うとき困るじゃないか。でも、今はETCがあるからね。いや、大学のゲートはETCでは開かないのだ。などなど、いろいろな声が聞こえてくる。

馬力がどうとか、加速がどうとか、そういう問題でもない。

そんなものを確かめるために乗っているのではない。競争をするわけでもない。できれば、誰もいないところで、ただひたひたと走りたい。そう感じることがドライブの魅力だし、つまりはスポーツカーだと僕は考えている。走ったら気持ちが良い、というだけの非常にシンプルな性能なのだ。たぶん、乗馬がこんなふうだろう。ジョギングも似ている。山登りも近いと思う。

道は真っ直ぐじゃない方が良いし、アップダウンがあった方が面白い。前後や左右にほかの車はいない方が良い。できれば、誰にも見てほしくない。

僕は車を洗わない。買ってから一度も洗車をしていない。外から見られることは、内側にいる僕には無関係だし、乗り心地にも影響がないからである。

2005年11月21日（月）

公園デビュー

秋晴れ。風もなく暖かそう。でも朝はかなり冷え込んでいた。

8時過ぎにスバル氏とパスカルを乗せて車で5分ほどの緑地公園へ。リードをつけて、知らない場所を歩くのは初めて。しかし、尻尾も上がっているし、なかなか楽しそうだった。静かだから良かったようだ。自動車の音や、工事の音がすると怖がって家に入りたいと言いだす。

途中で猫には2匹遭遇したが、犬は近くにはいなかった。すれ違う人間が自分に寄ってこないので、不思議そうだった。自分が先頭になっては歩かない。人が歩くとついてくる、という感じ。

10分ほど歩いた。

帰宅するとまず家の中へ飛び込んでいき、トイレへ直行。それからまた外に出て、庭で走り回っていた。明らかに自分の庭の方が楽しそう。

疲れたのかパスカルが寝たので、留守番をさせて、スバル氏とスーパへ。大きなタッパを4つ買った。これは模型のため、それから、運動靴を一度に3足も買った。ときどき、こういうまとめ買いをしてしまう。スリッパも冬用のものを500円で買った。家に帰ってからパスカルにそのスリッパを見せたら、突進してきて、いきなり戦闘態勢である。特に歩くと、必ず横から襲ってくる。2匹いるのが気に入らないのかもしれない。それにしても、内弁慶である。

夕方は、2時間ほど、庭でペンキ塗りをした。刷毛で塗るだけの作業だが、いろいろな体勢になるので、けっこう疲れる、というか良い運動になる。ペンキ塗りは大好きだ。塗ったのは、庭園鉄道の橋の手摺り。ガレージや母屋の色が変わったから、

以前に塗った正門の鋼鉄製のゲートも塗り替えても良いな、と思い至る。今はチョコレート色だが。

ペンキは水性のものが最近は増えて、これがとても便利。今回特に、錆止めを兼ねたもので、下塗りも上塗りも兼用だった。においはほとんどしないし、刷毛は水で洗える。もちろん、一度乾燥したら、水には溶けない。それでも、油性の塗料がまだあるということは、そちらの方が優れている面があるわけだ。模型の塗料も油性の方がきめが細かく、仕上がりが綺麗なので、ここぞというときは、油性を使う。

2005年11月22日(火)

月刊雑誌フリーク

今日も晴れ。雨っていつ降った？という感じ。朝からずっと出かけていた。文系学部から非常勤を依頼されたが、何を話せば良いのか、方法論みたいなものがないだけに、とても困る。しかし、興味はあるところなので、引き受けても良いかも、と思案中。

書店に寄って、本を沢山買った。僕の場合、月刊誌を月に20〜30冊は購入する。もう立派な雑誌フリークである。月刊誌でないものもある。隔月で出るものや、季刊のもの、あるいは、月刊誌の別冊なども含まれる。ただし、週刊誌は買ったことがない。

たとえば、鉄道模型は3誌あって、全部買う。ところが、『鉄道ファン』とかの実物の鉄道の雑誌は買ったことがない。自動車は模型も実車も両方コンスタントに買う。ラジコン飛行機は模型雑誌が2冊あってどちらも買う。プラモデルはときどき。実機の雑誌は1年に2回くらい買うだろうか。『子供の科学』は毎月買うが、そのほかの科学雑誌もときどき買っている。建築の雑誌は1年に1度買うか買わないか。木工などの工作関連の雑誌は買う。電子技術やコンピュータの雑誌もときどき。

こうしてみると、毎月欠かさず、という雑誌は10冊に満たない。あとは、ぱらぱらと中を見て、面白そうな図や写真を見つけたら買う。文章を立ち読みすることはない。あらゆる分野のものを買う。デザイン、ファッション、映画、ゲーム、園芸、ペット、芸術、カメラ、グッズ、あるいは一般誌も。

小説の雑誌は10種類くらいが送られてくるから家に溜まる。でも読むことはない。自分で買ったことは過去3回くらいならある。

さらに、洋雑誌を20冊近く買う。これはすべて模型関係だ。これらをすべて含めると、1カ月で40〜50冊になるだろうか。

単行本や文庫は読んだら捨てる（読めないので捨てられないものが多いけれど）が、雑誌のうち半数は捨てない。特に模型関係の雑誌はもの凄い量になっているし、ときどき新しい雑誌が気に入ると、バックナンバをすべて注文したりする。ほとんどは、まえの家に蓄積されている。

毎晩、洋雑誌を1冊手にしてベッドに入る。それを読んでいるうちに眠くなる、という習慣。1年で365冊しか読めない。

ちなみに、電化製品の中では、掃除機に愛着がある（どうちなんでいるんだ？）。掃除機を何台も買ってしまう。掃除機だけは好みのものが欲しい。スバル氏ではなく僕が選んで買う。書斎（ガレージ）にも4台専用の掃除機がある。掃除機フリークについては、またいずれ。

写真は、道路脇にある壁。コンクリートにH型鋼の柱をとめて、その上に防音壁を立ち上げている。H型鋼にはブレース（斜め材）も入っている。ちょっと不思議な構造である（普通の方には何が不思議なのかわからないと思うけれど）。

2005年11月23日（水）

遊んでばかり

朝は寒いが、落ち葉の掃除をしているうちに上着を脱ぎたくなる。日差しが暖かいせい。パスカルは黒いからもっとぽかぽか。

庭園鉄道は、普通は自分が乗って運転を楽しむのだが、鉄道だから線路があるわけで、運転手がいなくてもずっと線路の上を走り続けることができる。こういうのを、きっと「線路がずっと敷かれている」と形容するのだろう。自動的なのだ。だから、勝手に走らせておいて、自分は暖かいところで椅子に座って、パスカルを裏返しにだっこしつつ眺める、といった楽しみ方もできる。風情があるというか、趣があるというか、まあのんびりしていてグッドである。ただ、自分の庭だからできるわけで、近所の子供がいたりしたら危険だ（パスカルがではなく、鉄道が）。

5分ほどで家の周囲をぐるりと回ってくる。スピード調節ができないので、下りは早く、上りは遅い。脱線しないよう、下りに合わせて設定しておくと、上りがまどろっこしい。

ここで思い出したが、名古屋を走る中央線は、名古屋行きが上りだ。しかし、東京へ通じているはずで、どこかから、東京行きが上りになるわけだ。昔からそうだったかな。

話を戻す。1台だけだが、ラジコンで動く車両を作った。これは、乗っていなくてもスピードのコントロールができて、ちょっとした成功だった。客観的な視点で眺めつつ運転ができるので、まるで、鉄道模型みたいである(まぎれもない鉄道模型だが<エンタテインメントなので書いた)。

欠伸軽便鉄道弁天ヶ丘線のレポートを読んでいる方はご存じだと思うが、この車両は、ccdカメラを搭載していて、映像を電波で発信する。それを受信してテレビで見ることができるので、室内にいても運転が楽しめる。ccdカメラは、サーボモータで左右に動かせるようになっているから、見たい方へ向けることもできる。

インターネットを利用すると、世界のどこからでも、この機関車を運転して、うちの庭を散策することが可能だろう。そういうシステムを作ってみようか、という発想でこれをデザインしたが、残念ながら、今のところ実現していない。けっこう(自

分でやると）面倒な問題がある。もう数年かかることだろう。まあ、そのうちに。

今日は、公園でゴム動力の飛行機も飛ばして遊んだ。それから、骨董品店から買った30年まえの古い模型を分解して、油をさし、モータを回してみた。面白そうなのでレストアすることに決めた。わくわくする。そんなわけで、遊んでばかりだ。

ドライブもしたかったのだが、あっという間に日が暮れてしまった。遊びに熱中していると、日が暮れやすい傾向にある。ドライブはまた今度。

2005年11月24日（木）

子供と子犬

またまた晴天。少し風が冷たいけれど。午前中はスバル氏が出かけたので、パスカルと留守番。といっても、ずっと庭で掃除をしたり、工作をしたり。

午後、中公のM松氏、N倉氏、W辺氏が来宅。「スカイ・クロラシリーズ」の今後のことで打合せ。

3時頃、よしもとばななさんが来宅。ご主人とご子息もご一緒。名古屋駅でレンタカーを借りて、ご主人の運転でいらっしゃった。天気が良かったので、まずは庭園鉄道にご乗車いただいた。ダントツで沢山乗ったのは、もちろんご子息。そのあと、スバル氏が作った味噌おでんなどを食べながら歓談。

よしもとさんのご子息は2歳半。8月に東京で開催された国際鉄道模型コンベンションでお会いしたときは、ほとんどしゃべらなかったのだが、今回はもうしゃべりっぱなしくらい言葉がつぎつぎに出てくる。このまえは、メルセデスにぞっこんだったが、今はウルトラセブンみたいだった。片手を真っ直ぐ上げて、何度か変身を試みていた。もう少し修行しなくては。

パスカルはうちへ来てからは、子供と接する機会がなかったので、もの凄く不思議そうだった。ずっとついて歩いていたが、しかし、ちょっかいを出すわけでもなく、どちらかというと、目を逸らしている。明らかに気にはなっているのに、知らんぷりをしているみたいな感じ。自分のおもちゃを取られても、取り返そうとしないし、いつもよりも大人しいのである。自分の方がお兄さんだと思って我慢していたのかもしれない。

犬を飼うときに、家族に子供がいる家の方が犬が優しくなると聞いたことがあるが、本能的に幼い子の面倒を見ようとするためだろうか。日頃は自分が甘える側なのに、それ以上に甘える子供を見ると、急にものわかりの良い大人になるようだ。

ちなみに、よしもとばななさんは、蒸気機関車の絵のオレンジのスカートだった。ちなみに、メルセデスというのは、ベンツの上得意先の娘の名前である。ちなみに、味噌おでんのほかに、味噌串カツ、手羽先、カレーパン、天むす、チーズケーキなどを食べた。

写真はお昼頃のガレージ。

2005年11月25日（金）

手頃な課題

午前中は車で一人出かける。帰りにホームセンタに寄って、急に思いついてセメントを購入。午後一番で、スバル氏の花壇のレンガをモルタルで固定した。彼女は並べただけで完成と認識していたようだが、どうにも落ち着かない雰囲気だったので、いつかモルタルで固めようと考えていた。

身の回りには、数々の課題が山積している。誰でも、同じだと思う。課題がない人なんていないはずだ。重要なものから、どうでも良いものまで、また、達成が困難なものから、やればすぐにできる簡単なものまで、いろいろなレベルで取り揃っているのが普通である。

毎日、「さて、今日は何をしようか」と自分で仕事が選べる人は、大変な幸せ者である。自由とは、結局そんなものだろう。なかなかそういった立場に立つことは難しい。だいたいの場合、自分ではない人間から「これをしろ」「はやくやれ」と指示あるいは命令される。せかされる。そこで、しかたなくやるのだ。

ところが、自発的にやる場合も、なんらかの圧力を受けてしぶしぶやる場合も、最も重要な課題に即座に取り組むようなことはまずない。普通は、手頃な課題をさきに消化する。「今日はひとまず、これを片づけよう」という気持ちである。そちらの方が、簡単にできるからだ。少なくとも、なにもしないよりは、仕事をした、問題が多少は解決した、前進した、という達成感が得られるし、また、自分に圧力をかけている人間に対しても、ある程度は良い顔ができる。

世の中を見回すと、このように「最重要ではないものの簡単にできるとりあえずの仕事」の成果と思われるもので溢れている。ベストが尽くされたものは滅多になく、おおかたはベターへ逃れた結果に見受けられる。個人の仕事に限らない。公共事業でさえ同様の傾向がある。一番大切な問題は、各方面のしがらみがあって、実現に時間がかかる。最も望まれているものは、ちっとも出来上がらない。

社会に対しても、自分に対しても、人間は常にこう呟く生きものといえる。「もっとやるべきことがあるだろうに……」

今日の花壇の左官仕事も、これは今の僕の最重要課題ではないな、と感じながらやった。でも、楽しかったし……。

2005年11月26日(土)

階段パスカル

昨夜は、レンガ積みをしたせいか早く眠ってしまった。毎日、だいたい7時間は寝ている。忙しいときでも6時間は寝ている(徹夜をすることなんてない)。

今日は朝から天気も良く、快調。固まった花壇のレンガも確かめる。うん、なかなかの出来。コンクリートの研究を長年してきたが、このように自分の技が直接家族の役に立ったのは初めてだし、喜ばしいことである。

お昼頃、パスカルを連れて車で公園へ。今日もリードで歩く練習。今回は、階段に初挑戦した。パスカルは今のところ、家の階段も上れない（能力的には明らかに上れるはずだが）。

今日は石の階段で人間でも歩きにくいところだったが、簡単にクリアした。

昨夜だったか、パスカルをだっこして体重を測った。「あ、太ったかな」と思ったが、そのあと自分の体重を測って引き算したら、太ったのはパスカルの方で、なんと7.3kgもあった。6kgくらいだと思っていたのに。1カ月まえにも、スバル氏がだっこして体重計に乗って、悲鳴を上げていたが、そのときは5.5kgだった。4kgくらいだと予想していたので、彼女が驚いたわけだ。

獣医さんのところで、8月末にフィラリアのワクチンをもらった。最初に出してくれたのが、体重が5.5kgまで使える薬だった。当時パスカルは3.7kgだったから、11月に5.5kgになるかな……、「もし万が一なったときは、こっちの錠剤を」と別の薬ももらった。もらっておいて良かった。

しかし、すっかり大きくなった。

紅葉が綺麗で、写真を撮ったけれど、こういうのは、誰でも目を向けるものだから、あまり価値はないなあ、と思いながらいやいや撮った感じが出ているだろうか。今年は昨年よりも寒いから、色は綺麗みたいだ。香嵐渓とか今日あたり混んでいるだろう。そういう混んでいるところへ行く人は、自然と同じくらい善良だと思う。嫌みではない。

2005年11月27日(日)

小春日和

暖かく爽やかな日曜日だった。工作室に籠もっていたら、スバル氏が、どこかへパスカルを連れていきたい、と言うので、車で緑地公園へ出かける。緑地公園は、近所にいっぱいあるのだ。全部、緑地公園あるいは森林公園と呼んでいるので、「ほらあそこの緑地公園」とか「このまえ行った森林公園」などと区別している。

帰宅してから、庭の掃除をしながら、電車を走らせた。実際には、掃除をしながら電車は走らせられないので、掃除をして、それを一旦中止して、その合間に電車を走らせた、と書かないとアンフェアかもしれない。しかし、日記はいわゆる「地の文」ではないので、嘘を書いてもアンフェアではない、との解釈が一般的だろう。

機関車製作部の最新レポートにも少し書いたが、30年まえに作られた古い模型のリストアをしている。どこかのモデラが自作したもので、フルスクラッチビルド(キットなどをまったく利用していない全自作のこと)でフリーデザインの機関車。レール幅45mm

の線路を走るのだが、驚くべきことに、人間を乗せる専用車両があって、機関車はこれを引いて走る。モータは２つ。乾電池は10本。このほか、ライトが６つもあるし、小型掃除機まで付属している（意味がわからないが、線路上のゴミを吸ったのか、あるいはキーンという音をホイッスルに利用したのか、今となっては不明）。

最初は動かなかったものの、この数日、電気配線をやり直して、直線線路の上で試運転をしたところ、ちゃんと人を引いて走った。スバル氏が見物にきたので、「どこのじいさんが作ったか知らないが、これは凄いよ」と説明した。「馬鹿じゃないの、その人」と言わんばかりの彼女の顔だった。しかし、どうして「じいさん」だと決めつけたのかは、我ながら疑問である。

非常に緻密なデザインがされている。ボディやフレーム内にはほとんど隙間はなく、ギア、コネクタ、ウェイトなど、いろいろな部品がぎっしり。よほど、正確な設計図を描いたか、あるいは、幾つかの試作品があった上でここへ至ったのか、と知らない個人の技術力を想像する。

どちらにしても、世界に１つしかないモデルである。作った人は亡くなったものと思われるが、作品は捨てられずに、骨董屋へ売られたわけだ。「誰かが価値を見出す」と考えたのだろう。それが巡り巡って、もう一度修理して動かしてみようという人間がお金を払って（何万円もした）手に入れる。それもこれもすべて、作品が持っていた力、すなわち、作り手が込めたエネルギィによるものであって、見る者が見れば「ただものではない」と感じる力の作用である。そういう作品を作ることが、人間の目的ではないだろうか、とさえ思える。

夜もこのレストアに没頭していた。ボディも再塗装することにした。

写真は、デッキを走る庭園鉄道に乗りながら撮ったもの。ずいぶん葉っぱが減ったので、遠くまで見えるようになってきた。

2005年11月28日(月)

「やった！」という瞬間

今日は朝から暖かい。庭の芝が少し緑になった気がする。いつも、朝1時間半くらい庭仕事をする。そして、9時半頃に出かける、というパターンが多いか。

午前中は研究関係の打合せと、実験機器の試作品を見た。90%の実験は、こうなってほしい、という目標が明確で、それに向かって手法を検討する。何が起こるかわからない、といった実験は滅多にない。しかし、いくらやっても思いどおりの結果が得られない、変だな、と考えた結果、新たな性状を発見することは、稀にある。

研究の途上で、素晴らしい思いつきをした場合、「やった！」と歓喜することは絶対にない。そういうのはドラマの話である。そうではなく、「本当か？」「待てよ」「嘘だろう」と迷い、とにかく間違っていないかを確かめる、確かめる方法を考える、というステップになる。間違っていないことを確かめる作業に、数年かかることだって普通だ。だから、いつが「やった！」という瞬間なのか、全然わからない。

さらに、そうした結果、素晴らしい論文が発表されても、それを読んだ者もまた、「嘘だろう」と懐疑的になり、すぐには飲み込めない。検証するか、納得するのには時間がかかる。

つい最近、フェルマーの最終定理が証明されたが、あれも検算に1年以上かかったと聞く。実験を伴うような分野は、時間がもっとかかるし、検証が事実上できない、つまり再現不可能なものも多い（たとえば、計算機ではじき出された結果などは、同じプログラムがないと無理）。

久しぶりにビートを運転して気持ちがリフレッシュされたので、夕方、また青の6号を1時間ほど動かした。本当に楽しい。

そうそう、昨夜、中央公論新社から「鶴田謙二氏のイラストが取れた！」というメールがあった。なんだか、果物が実るのを待っていたような感じであるが、こういうのは、「やった！」の瞬間が明確な仕事である。

で、『ダウン・ツ・ヘヴン』（ノベルス版）は2カ月遅れで、12月15日に発行できることになった。お待たせしました。そのイラストを見たら、シリーズ第4話を書き始めよう、と考えていた。こちらは、タイトルは『フラッタ・リンツ・ライフ』でフィックスしている。

写真は、自動車でよく通る踏切。踏切というのは、どうしてあんなに凸凹なんだ？　といえば、線路がカーブしている部分などは、線路自体が傾いている（カントという）し、しかも複線だから、どうしても凸凹になる。だけど、もうちょっとなんとかできないものか、と常々思う。あ、そうか立体交差にすれば良いのか。

2005年11月29日（火）

道

朝方、小雨。その後は晴れたが風が強く肌寒い。だから、今日は外の作業はしないことにした。葉が沢山落ちているけれど、明日一網打尽にしよう。

午前中は隣の県まで実験を見学しにいった。お昼過ぎに戻る。それから、スバル氏とパスカルを乗せてミニでドライブに出かけた。知らない道を走ろう、ということで、川沿いの堤防の上をどんどん走った。橋を渡っている途中、曲がれるところがあったので、そこからまた堤防へ出たのだが、なんと舗装されていない砂利道である。ミニのタイヤは特別に太い。あまりオフロードには適していない（一応オンロードだが）。砂利を踏んで走る音を不審に思ったのか、パスカルはうぅうぅと唸り始める。スバル氏は、引き返そうと言ったが、幅の狭い道で切り返すのも面倒だ。ミニはステアリングが国産車のように大きく切れないため、小回りが利かないのである。

そういう状態で2㎞はどのろのろと走り続けたが、「君と一緒に乗っていると、こういう道をよく走る」と散々いやみを言われた。思い起こせば、そんな山道を何度走っただろう。穴を避けながらジグザグ運転をしたり、車の両側に草木が迫る小道を前進したこともある。しかし、人生の道に比べればいかほどのことか、などと、一応気の利いた台詞を思いついたものの、口にせず。小説のようにはいかない。

パスカルは、もういい加減大きいのに、車の中では人の膝に乗っていないと気が済まないらしい。後部座席に一人でいるように教えているのだが、ミニだとエンジン音が煩いのか、怖がってシートの間からすぐに前へ来てしまう。もちろん、助手席でも一人では駄目だ。つまり、人間が運転手一人だけの場合は、パスカルを連れては走れない（ハンドル操作の邪魔になるから）。

昨日書いたとおり、鶴田謙二氏のイラストを見ることができたので、新作を書き始めた。まずは3000文字程度書いた。極めて快調な滑りだしだと思う。もう、だいたい世界は見えてきた。『IN☆POKET』のゲラも終わり。『日経パソコン』のゲラも見た。スバル氏は、『日経』も、『IN☆POKET』も、『メフィスト』も、『野性時代』も、イラストを無事に終わらせた模様。今は、1月の講談社ノベルスのイラストを描いている。描くのが速い。家事をこなしながらだから断然凄い。締切まえに描き上げるなんて、プロのイラストレータらしくないけれど。

考えてみると、同人誌のときからスバル氏はそうだった。一番早いのだ。ちなみに、彼女のほかに

誰がいたのか、というと、山田章博、荻野真、水記利古、コジマケン、杉浦守、et al.。コジマ君は若いときから締切を守った。人は変わらないものだ。そうそう、最近、杉浦君から彼の本が2冊も届いた。活躍しているようで嬉しい。

2005年11月30日（水）

機関車蘇る

落ち葉は一網打尽にした。しかし、少し寒くなった。

ケーブルテレビの人が来て、デジタル放送対応の機器に交換していった。スバル氏が申し込んだらしい。リモコンのボタンが不調で、それをなんとかしたいとまえから言っていた。「そんなの、借りている機械なんだから、電話すればすぐに交換してくれるよ」とだけ言っておいたのだが、彼女はそういう「ただの主張や意見」ができない人なので、この際だからデジタルにしたようだ。

27日に書いた古い機関車の続き。毎日少しずつレストアをして、ようやく完成。大した修理はしていない。特にメインの動力系はまったく健全だった。一番大変だったのは、連結器を作り直したことくらい。機関車の塗装はかなり傷んでいたので、これもやりなおした。緑一色だったが、白と赤のツートンになった。まあ、塗り直すとなったら、違う色にしたいのが人情である（普通の人情の範囲外だと思うが）。

外は寒そうだったので、ガレージの中に線路を敷いて、さっそく試運転。勾配はまったく駄目で、水平であることが絶対条件。カーブは半径750mmをクリアして、人を引っ張って走った。もっと急カーブでも台車や連結器は対応するが、トレーラの抵抗が大きくなって、機関車の動輪がスリップする。

機関車製作部にこの古い機関車のことを紹介して以来、ベテランモデラから幾つかメールをもらった。いずれも、「30年まえにこれを作ったということに感銘した」という内容だった。まさにそのとおりで、感動せずにはいられない作品である。残念ながら、作った人を知っている、というメールはまだ来ない。人を乗せて引っ張ることも凄いが、人の心を引きつけることが、模型の最も大切な性能である。

もう一つ偶然にも、工作室ではこのところ、約100年まえにイギリスで作られた機関車の塗り直しをしていた。エナメル塗料を筆で少しずつ塗っていた。文字が書いてあったり、マークやラインがあるところは、そこを残して、周囲を塗る、という面倒な作業。塗ることで綺麗になるし、また何年かさきまでこれが大事にされるだろう。僕のまえにも誰かが塗っているようだ。壁画や絵画、仏像などの修復作業をしているみたいな気分になる。少しだけ想像した。

しかし美術品は別として、車や建築や、その他いろいろな実用品（おもちゃ

も含む)の場合、それをレストアするときには、オリジナルの状態に戻そう、色や質感を最初のものに似せようと考えることが、必ずしも正しいとはかぎらない。それを使う人の好みによって、また時代によって、違ったふうに直せば良いのではないかと思う。つまり、単に再現するのではなく、自分が愛着を持てるように変える。それが、オリジナルに対する真の敬意だとも考える。箱に入ったまま保存されたおもちゃよりも、遊ばれて傷つき、変形したものの方が、愛された証拠であるのと同様に。

2005年12月1日(木)

また石炭を燃やす

昨夜3時頃、どこかで電子音が鳴って、それに反応してパスカルが吠え始めた。それで、スバル氏も僕も起きてしまったが、もともと何が鳴ったのかわからず。隣の家のインターフォンかセコムじゃないか、と想像。

パスカルは、お客さんにも、道であった犬にも、まったく吠えないのだが、この頃、家にいるとき不審な音がすると吠えるようになった。縄張り意識が芽生えたのか。シェルティは聴導犬に適する犬種なので、やっぱりこうなるのだな、と思う。吠えないから番

犬にはならないと思っていたが、充分に役目を果たすだろう。

朝から、眩しい日差し。書斎の窓から庭を撮影した写真。たしかに紅葉が今年は鮮やかだ。

スバル氏とパスカルを乗せてビートで出かける。パスカルは必然的にスバル氏の膝の上にいる。けっこう大人しくしていた。用事を3つほど済ませて、昼過ぎに戻る。ぽかぽか陽気。

落ち葉をバキュームで吸ったが、まるで掃除機のコマーシャルをしているような気持ち良さ。ただ面倒なのは、吸い込んだものをゴミの袋へ入れ替えるとき。もう少し合理的な方法がありそうな予感がするのだが。

庭が綺麗になったところで、あまりに暖かいので、蒸気機関車を走らせることにした。予定を変更して、適時適応の行動が選択できることは非常に喜ばしい。子供の頃はそれが部分的にだができた。大人になると、なかなかできないけれど、しばらく我慢をして地道に環境を整えれば、またできるようになるのではないだろうか。

走らせたのは、数年まえにやはり骨董品として購入した古い蒸気機関車。イギリス人がデザインしたものだ、とベテランモデラから教えてもらった。小さいながらも、かなり凝った作りのもので、製作者の技術力が偲ばれる一品。もちろん、石炭を燃料にし

て人が乗って運転する。今年のお正月に初めて動かして、久しぶりだが今回が２回目。今日は２kmほど走った。だいぶコツが掴めてきたし、高性能なこともわかった。もう少し試してから、自分の好みに合うように改造するつもりである。

渋谷すばる氏のファンの方から５通ほどメールをいただいた。『STAR EGG』を贈呈したためである。うち２名は、森博嗣を読んだことがある、つまり共通のファンだとあった。このサンプルから、渋谷すばる氏のファンの40%が森博嗣を知っている、と判断するのは極めて危険だろう。

漫画の新人賞の審査員を以前からさせていただいているが、今日、作品が届いた。いつもは、一見して気が重くなるのだが、今年はまあまあ良い感じでほっとした。毎日１時間くらい執筆している『フラッタ・リンツ・ライフ』。25時間で完成という計算で、今のところ順調。

2005年12月2日（金）

あるクイズの出題

午前中は晴れていた。庭で落ち葉も拾ったし、水やりもした。午後から小雨。

昨日、食事をしているとき、スバル氏がクイズ番組を見ていた。「つぎの野菜の中で、国民１人当たりの購入量が最も多いのはどれ？」という問題だった。４つの候補から答を選ぶ選択問題。スバル氏は、いきなり、「ジャガイモだろ、そりゃ」と言っていたが、僕はそれよりも、ずっと気になることがあった。

「どうして、国民1人当たりに換算する必要があるわけ？」とその疑問を口にした。でも、スバル氏は無視。「いや、もしかしたら、タマネギかぁ？」とか呟いている。そこで、少し譲って、「購入量っていうのは、何？　個数？　それとも重量？　それとも値段？」

それにしても、国民1人当たりに換算するのは何故だ？　不思議でしかたがない。タマネギの国と、ジャガイモの国があって、それぞれの国では、タマネギやジャガイモが主食である。この状況において2つの国を比較し、どちらが、国民1人当たりの購入量が多いか、というのならば話はわかる。また、たとえば同じジャガイモの購入量を、ドイツと日本で比べるときも、国民1人当たりに換算して比較した方が、情報としての価値、つまり分析するためのデータとしての正当性が増すだろう。

このクイズを作った人が、たまたま国民1人当たりの購入量が示されたデータを参考にしただけかもしれない。しかしそれでも、「つぎの野菜の中で、日本で最も購入量が多いのはどれ？」としても良かったはずなのだ。誰か指摘する奴はいなかったのか。大学の入試問題だったら確実に叩かれるだろう。

そういうことを考えていたので、正解がどれなのかは知らない。別に知っていても（僕には）しかたがない情

報ではある。

うちの庭にある風力風向計。地上約３ｍの高さに設置してあるのだが、周囲の樹々が揺れ動くほど強い風が吹いていても、プロペラは大して回転しない。あっちを向いたり、こっちを向いたりする程度。つまり、周りに大木が沢山あるため、それらが防風林になって、このくらいの高さでは風がほとんど掻き消されている。だから、全然風力観測になっていない。べつに観測するために設置したわけではないので、不満はまったくないのだけれど。

2005年12月3日（土）

宅配便

以前から、仕事を一切しない、予定を入れない日、と決めていたので、朝からなにもしないつもりだったが、つい落ち葉の掃除をしてしまった。

スバル氏が大阪へ出かけていったので、パスカルと留守番。パソコンをリビング（ここがパスカルの住居）へ持ち込み、ネット巡回など。パスカルが寝たら、そっと工作室へ行って、木を削ったり、接着したり、といった楽しい作業。

それから、本を読んだり、あと、ケーブルで映画を観たり、行き当たりばったりの生活をした。

宅配便が来て荷物を受け取ることは、１日平均３回くらいあるだろうか。それくらいよく届く。だから、運送業者の人も、かなり顔見知りになっている。ただ、親しげに話しかけてくる人は、僕の場合はあまり好きになれない。そういう親しさが好きな人もいるだろうから、難しいとは思う。
なんというのか、プライベートなことには、ビジネスの人は立ち入らないのがマナーではないだろうか。たとえば、犬を見て「可愛いですね」くらいは言っても良いが、「いつから飼われているのですか？」や「名前は何と言うのですか？」といった質問になると、近所の人ならば自然だが、こちらが知らない通りすがりの人間からきかれ、素直に答えるのは抵抗を感じる。ビジネスライクな方が好きだ。
話は違うが、荷物を届けてもらうとき、ほとんどの場合、時間指定をしている。つまり、できれば自分はこの時間帯に受け取りたい、という希望だ。ところが、その時間よりも早く届くことが極めて多い。特に、うちの場合はゆうパックはほとんど早く届く。おそらく、配達する人が早く仕事を終わらせたい、と考えるのか、それとも、在宅ならば早く届いた方が嬉しいだろう、と気を利かせるのか。もちろん、受け取ることになるのだが、そのたびに、熱中している作業を中断して応対しなければならない。それが嫌だから時間指定をしているのだが、わかってもらえないようだ。このあたりも、ビジネスライクにしてもらいたいところ。
ホテルでも、あるいは区役所でも、名前を書いたとき、「小説家の森博嗣さんですか？」ときかれることがあるが、表情を変えず「ええ」と無愛想に答えることにしている。そして、そのホテルを二度と利用しないように心がける。区役所にいたっては、個人情報の扱いとして問題がある、と苦情を書こうかと考えたほどだ。
たぶん、こういった気持ちが理解できない人たちがいると思う。田舎か下町の人情に溢れた人生が好きな人たちで、そちらがメジャかもしれない。それを否定しているのではない。全員がそうではない、という話をしている。

喫茶店でも、マスタと顔見知りにはなりたくない。お馴染みさん扱いされるなら店を変えたい。抽象すると、ビジネス上の関係で、こちらが望んでいないのに、一方的に親しげにされるのが嫌いだ、という意味かと思うが、それほど単純な感情でもない。そして、一般論でもない。

というわけで、機嫌が悪いのでは全然なく、今日は誰にも会わず、楽しい土曜日だった。スバル氏がいないと、パスカルがもの凄く甘えるので、ほとんど離れられない。

写真は、ガレージの2階の風景。奥から、昼寝専用チェア、4分の1スケールのラジコン模型飛行機、地球、月、火星、ガラスの中は天秤、一番手前はヨーロッパの町並みの模型。

2005年12月4日(日)

映画

一日中出かけていた、人と会うために。今日も雨。寒くなった。

昨日と今日で、古い映画を4本ほど観た。もちろんケーブルで。もう1年以上、映画館へ行っていない。どうも、そこまでして観たい、と思わせてくれる映画がない、というのが理由だ。宣伝が面白すぎて、煽りすぎて、どれもこれもめちゃくちゃ面白く思わせてくれる。はらはらどきどき、良い場面ばかりすばやくショートカットして、意味ありげな台詞、凍りついた表情、クライマクスの一瞬を、どんどん見せてくれるものだから、期待が大きくなりすぎて、いざ本編を観てみると、ちょっとあっけない感じになる。

どう考えても宣伝の方が面白いじゃん、というジレンマになる。プロモは非常に抽象化されていて、面白さが抜き出されているのだ。たしかに宣伝としての効果はあるにちがいないけれど、これが幾つも同じような手法で続くものだから、だんだん感覚が慣れてしまったということもあるだろう。なかには、宣伝で観た素晴らしく良いカットが、本編にはなかったりするときもあって、「誇大広告にならないのか」と首を捻ることも。

振り返ってみると、僕たちが映画を観始めた小学生のときは、まず怪獣ものだった(ガメラとかだ)。中学や高校になると、ハリウッド映画のロードショーを観にいくのが、なんとなく「大人の世界」っぽくて、暗い館内に入るだけでどきどきしたものだ。だが、どんな映画なのか、という事前の情報はほとんどなかった。テレビでも宣伝なんてしていない。なんとなく、風の噂に聞くとか、観てきた奴から評判を聞くとか、映画館の前を通ると大きな看板に(微妙に似ていない)絵が描いてあって、それで観たくなったりとか。でもだいたいは、タイトル、監督、そして出演者で、想像をしたものだ。

そもそもそんなに本数が多くなかったから、どれを観ようか、と迷うことは滅多にない。古い映画は、テレビでしか観られない(ビデオなどなかった)し、また録画できないから、観るときには必死で観た。台詞もシーンもほとんど覚えたくらい。映画館では2回連続で観るのが普通だった。

結婚したとき、スバル氏の嫁入り道具で（といって一緒に買いにいったのだが）ビデオデッキが来た。映像がテープに記録できるなんて生まれて初めてである。まず、テレビで放映された映画を撮った。数年後にはビデオを貸す店が現れ、最初に借りたのは、『第三の男』だったかと思う。観たいものが観たいときに観られるなんて、このうえない幸せだと思った。

リアルタイムで話題の超大作が観られた時代だったかもしれない。今は、新作よりもストックされた過去の名作の方が豪華絢爛で、新作はそれに立ち向かうチャレンジャとしてこの世に出てくる気がするし、「いつでも観られるのだから」という安心感が、最初の一歩の抵抗となっているのだろう。

夜は、ガレージで2時間ほど工作。一応暖房が効いているので居心地は良い。工作室の天井を見上げて一枚撮影。

2005年12月5日（月）

よけいなデザイン

天気は良かったもののとても寒い。そんななか、ほぼ一日出かけていた。そうそう、青の６号にオイルを足した方が良い、とここに書いておけば忘れないだろう。足した方が良いと気づいたのは、１週間くらいまえで、実際に足すのは、たぶん今度の週末になるだろう。悠長なメモである。

出版界に首を突っ込んでそろそろ10年になるけれど、「それにしてもこのデザインはないだろう」という目に遭うことがわりと頻繁だ。どうしてそんなことになるのかといえば、簡単である。才能のない（あるいは見る目がない、あるいは経験が著しく乏しい）人がデザインを担当しているか、それとも、デザインがまるでわからない人が注文をつけているか、のいずれか。

こういったことは言葉になりにくい。どんなものが変なデザインか、というのは、どんなものが変な形か、変な色か、といった類の組合せであって、マニュアルになりにくい。

一番多いのは、とにかく、変なものを足そうとする行為である。

写真を撮ってそれを送ると、その写真の周囲にラインを入れたり、額縁みたいに飾ったり、浮き上がっているように影をつけたり、そういう余計な加工をしたがる。なにか仕事をしないと、自分の存在理由が危うくなる、という立場上の問題かもしれない。単純に愛なのかもしれない。もちろん悪気はないわけで、良かれと思ってやっていることと想像はするけれど、いずれにしても余計なことであることは確か。

写真やイラストというのは、撮った人、描いた人の作品である（当たり前だ）。たとえば、勝手にトリミングしたり、縦横の比率を変えたり、デジタル処理で大幅に色を変えたりすれば、それは明らかな「侵害」である。しかし、このいずれもが、ごく普通に行われているのだ。特に、雑誌関係で多い。おそらく、新聞と同様に、写真やイラストは「説明をするための補足」と認識されているのだろう。文芸の編集部でも、イラストはオマケだと考えられているので、基本的な理解にズレがある。

一番酷かったのは、『猫の建築家』が中国で翻訳されたとき、本来のカバー画を使わず、別の絵（中身の１ページ）を部分的に使い、しかも色をまったく変えてカバーとしていた。見本が届いて、即座に抗議したが、その後音沙汰がない。外国で出る本は、カバーなどは事前にチェックができないのが普通らしい。

挿絵やトビラなどでも、せっかくのイラストなのに、周囲を変な模様で囲った「下品な額縁」に入っているものが散見される。額縁に入れるならば、せめて作者に相談してはいかがか。どこの世界に額縁を気にしない絵描きがいるだろうか？　どんな額縁であれ、飾ってもらっただけで喜ぶ絵描きがもしいたら、それはまちがいなく三流以下である。

カバーなどの案をまず見てくれ、といってくることもあるのだが、そういったとき、文字やレタリングが仮のものだったりする。文字はデザインに含まれていない、と考えているらしい。デザインとは、何の絵が描かれているかではなく、その視野すべてのバランスである。キリンと象のカバー案に対して、キリンを選ぶと、「あ、キリンがお好きならば」と別のキリンの絵を持ってきたりする。そういう問題では全然ない。絵が良いからではなく、絵と文字と配置と色とすべてのマッチングを見ているのだ。

とにかくいろいろありすぎて、書ききれない。いまだに少しもこちらの（実にシンプルな）感覚が理解してもらえないため、イラストや写真を送るときには、常に「なにも足すな」「加工するな」と注意しなくてはいけない。

デザインの語源は「削る」という意味である。不要なものを消して、最適なものを選ぶことだ。けっして「足して飾る」ことではない。

こんな写真を撮った場合、どこにキーポイントがあるのか、というと、それは地面の影。何を撮ったのかを知らない人がトリミングをしてはいけない。

2005年12月6日（火）

新額堂参り

朝はとても寒かった。今日から上京する。軽井沢へ行く予定なので、相当暖かい格好をしていかないといけない。ムートンのジャケットで行くつもりだったので、出して着てみたが、下に暖かいものを着ると、多少窮屈だった。スバル氏にヘルプしたところ、どこからともなく、内側がダウンになっている二重のコートを探してきたので、スキーに行くみたいだけれど、背に腹は替えられない、それを着ていくことに。

ところが東京へ到着してみたら、晴れ渡っていてぽかぽかと暖かい。天気予報では夕方は雪のはずだったのに。これでは名古屋よりずっと暖かい。いつも、たいてい冬は東京の方が暖かいし、夏は東京の方が涼しい。名古屋（特に自宅の山の上）は過酷である。

西武池袋線に乗って、新額堂へ2時半ごろお邪魔した。これが本日の目的。この模型屋さんへ来るのは今回が3回目だ。マニアックな製品ばかりを取り揃えている有名なお店で、国内の模型屋さんの中で僕の趣味と最も一致している。店主氏と1時間以上おしゃべりをしてしまった。それに半年分ということで沢山の買いものもしたので、荷物はすべて宅配便で送ってもらうことに。洋雑誌を7冊買ったので、これだけホテルで読むために持って帰った。

夕方、ホテルでチェックイン。講談社のK城氏とM澤氏とロビィで待ち合わせて、銀座へ出てイタリアンを食べた。なかなか美味しかった。しかし、TVなどでよく聞かれる「ご飯が何杯でも食べられる」と思ったことは一度もない。どんなに美味いものを食べても、そんなふうには絶対に思わないのではないか。どういった感覚なのか不思議。つまり、美味しいものがあると、ご飯を沢山食べるのだろうか？　美味しかったら、その美味しいものを食べるために、ご飯を減らすのが普通の考え方だと想像するが。まあしかし、そんなことはどうだって良い。こういった思考をするのは、K城氏とM澤氏といるため、なんだか水柿助教授になった気分なのかもしれない。嘘を書いてみた。

来年の出版予定についても若干の打ち合わせをした。特に、『四季』の文庫をどのような形態で出すか、といった議論。1月刊の『レタス・フライ』の第2校ももらった。スバル氏のイラストが既に入っていた（早いな！）。表紙のデザインもほぼ決定した。1月

11日頃店頭に並ぶのではないか、とのこと。

写真は、出かけるときに玄関に座っていたパスカル。毛が日に日に長くなってもこもこである。これくらいなら、軽井沢に行けるのではないか。

2005年12月7日（水）

碓氷峠＆軽井沢

朝、ホテルを出てすぐに中央公論新社のＮ倉氏と合流。東京駅へ出て長野新幹線に乗って高崎へ。ここは群馬県だ。群馬県で地面を踏んだのは生まれて初めてではないか（知らずに踏んだことがあるかもしれない）。

ここで地元民のＳ氏とＩ氏と合流し、Ｓ氏が運転する自動車で横川へ向かう。碓氷（うすい）峠鉄道文化むらを訪ねるため。碓氷峠というのは、日本の鉄道史上最も有名な峠であって、ここにできた記念施設がこの文化むらだ。是非とも一度は訪ねたいと思っていた。

しかし、一番見たかったのは、ED42とかD51なめくじとか、EF15とかEF53とかEF59とかの錚々たる機関車たちではなくて、２フィートゲージのイギリス製小型蒸気機関車（通称アプト君）。これは期待どおり実に良かった。運転席にも乗れたし、あちこち

触らせてもらえた。そのすぐそばに5インチゲージの小さな9600（国鉄の蒸気機関車）もいて、これにも乗せてもらった（というか、切符を買って乗ったのだが）。どちらも、乗客は僕たち4人だけだった。写真はアプト君ではない。でも2フィートゲージの可愛らしい電気機関車。

入ったときは、1組だけおじいさんたちの団体がいたのだが、気がつくと、この文化むらの中に僕たち4人しか入場者がいないのだ。どこへ行っても、貸切状態で、係員が待ちかまえている。あとで見たら、駐車場にも1台しか車がなかった。

横川の駅前で、名物の釜飯を食べることになった。お店に入ったが、当然ながら、客は僕たち4人だけである。駅構内にも人っ子一人いない。駅前にも道にも誰もいない。こういう寂しさは大好きだ。楽しかった。

それから、有名なめがね橋（碓氷峠を越える鉄道がかつて渡っていたレンガ橋）を見に行った。車で5分ほどのところにある。極めて風光明媚な名所だ。土木構造物としても歴史的価値があるもの。歩いて橋の上まで登り、谷を渡ってみた。当然ながら、僕たち以外誰もいない。というか、猿が10匹くらいいた。一番近くにいたのは2mくらいの距離だ。凄いところである。

次は、軽井沢へ。20分くらいバイパスを走った。横川と軽井沢は、標高で500mも違うらしい。鉄道だと大変だったわけだが、車はあっけなく上ってしまう。

さて、ワールドトイミュージアムに到着。軽井沢はさすがに少し寒くて、歩道にも雪が残っていた。ここは昨年の夏にも来た。今回が２回目。まえのときよりも展示物が充実しているし、そうそう、展示物の写真撮影がＯＫになった。これは嬉しい。

館長氏が今回も丁寧に説明をしてくれて、例の一番凄い炭鉱模型は、なんと、その内側に入らせてくれた。入口は四つん這いになって潜り抜ける。人間が２人しか入れない狭い場所だ。もちろん一般には公開されていない。内部のメカニズムが動いている様子を間近に見られて、とても素晴らしかった。とにかく、ここのコレクションは世界的なもので、日本にこんな凄いものがあるのが奇跡というほど。その中でも、特にこの炭鉱模型が凄い。一見の価値あり。

軽井沢からは長野新幹線で東京へ。夜は、中央公論新社のＩ藤氏、M松氏も合流して中華料理を食べた。鶴田氏のイラストが取れて、『ダウン・ツ・ヘヴン』ノベルス版が出て良かった良かった、というお祝い。お皿にチョコで文字が書いてあった。「そうか、今日は真珠湾前夜か」

2005年12月8日(木)

炭鉱模型

ホテルで朝食を食べた。朝食がついているので、もったいないから。ビュッフェというやつ(少し以前はバイキングといったが)。いつの間にかこの形式が広まった。僕が大学生の頃はなかった。世界中のホテルで広がった気がする。

駅へ出て、本屋だけ寄って、すぐに新幹線に乗る。その本を読みながら帰った(半分は寝ていた)。1時頃帰宅。

パスカルがもの凄く跳びはねて喜んだ。たった2日間なのにここまで喜べるものか、という感じ。人間だったら「わざとらしい奴だな」と思うかもしれないが、そこは犬の有利なところである。名古屋は暖かくなっていた。さっそく庭の落ち葉掃除をした。2時間くらいこれをしていた。

2日間メールを読まなかったので、各方面が待機中で、緊急のリプライに1時間ほどかかる。仕事の依頼も2つあった。どうしたものか、と思案中。

今日は、真珠湾攻撃の日だ。しかし、アメリカの真珠湾へ攻め込んだのはもちろん海軍であって、同じ日に陸軍はアジア大陸のイギリス領へ侵攻していたはず。どういうわけか、そちらの方はあまり話題に上がらない。

さて、昨日紹介した軽井沢ワールドトイミュージアムの炭鉱模型について補足。どんなものかというと、100年ほどまえに、あるイギリス人夫婦が20年もかけてこつこつと作り上げたジオラマで、大きさは、横が3、4mほど、奥行きが2mほど、高さが2mほど。その中で、街があり鉄道が走り、そして沢山の人たちが働いている。人形は大きさが5 cmほどで、プレイモビルくらい。ざっと見て、100人以上は優にいると思われるそれらの人形たちのほとんどが動く。それぞれが別々の動きをする。もう眺めているだけで時間を忘れるほど面白い。

上の写真は、このジオラマの背後に回ったところをフラッシュで撮影したもので、炭鉱の内部の様子。つまり地下深い採掘現場で、人形たちが沢山働いているのがわかるだろうか。これらがすべて動くのだからもの凄い。

今回、そのジオラマの内部に入らせてもらったわけで、いわば舞台裏だ。木製のプーリをベルト駆動して、カムを巧妙に使って人形の手足を動かしている。実にモータはたった1機しかない。すべてがその1つで動いているという大仕掛け。下の写真が中に入って撮らせてもらった一枚。もちろん、そんなに複雑なものでも精密なものでもない。今の技術を持ってすれば再現することは難しくないだろう。ただ、これを作ろうとした個人の想像力とエネルギィが最高に素晴らしい、としかいいようがないし、作っている最中にどれ

だけ楽しい思いをしたことか、と羨ましいかぎりだ。まさに工作の神髄といえる作品である。

2005年12月9日(金)

小説の話をしましょうか

なんか、軽井沢よりも名古屋の朝の方が寒い気がする。パスカルがもこもこ。庭の掃除を少しだけしてから出かける。お昼過ぎに戻った。

小説の仕事のことを少し報告。今日は、『ダウン・ツ・ヘヴン』の見本が届いた。12月15日発売のもの。鶴田謙二氏のイラストのためにノベルスを待っていた方は多いと思う。これで3冊が出そろった。いずれのイラストも秀逸で、待った甲斐はあった、と感じられることだろう。

現在執筆中の『フラッタ・リンツ・ライフ』は、このシリーズ第4弾で、発行は2006年の6月頃ではないかと思う。そして、第5弾が、2007年のやはり6月頃になりそう。これで、シリーズは完結する。

1月刊『レタス・フライ』も第2校を見始めているところで、数日後に校了予定。どうして今、短編集なのか、というお問い合わせもあったが、最初の『まどろみ消去』以外の短編集はすべて1月に刊行してきた。本来は、奇数年の今年1月が短編集の順番だったのが、『奥様はネットワーカ』がノベルスになったためにずれた、というのが経緯。この次のノベルスは「Gシリーズ」に戻って、一応来年5月、そしてその次は9月発行を目指している。

来年2006年は、文庫化がラッシュだ。珍しいところでは、『アイソパラメトリック』と『悪戯王子と猫の物語』が3月に文庫になる。また、年末になりそうだが『猫の建築家』も文庫化を検討中。短編集の『虚空の逆マトリクス』も7月に文庫になるし、日記シリーズ5の『数奇にして有限の良い終末を』も2月に文庫化が予定されている。『ZOKU』も文庫になるが、春から『ジャーロ』で続編っぽい連載を再開。これで6冊だが、さらに、この『MORI LOG ACADEMY』が文庫になるので4冊くらい追加され、さらに宝島社の『森博嗣本』も早くも文庫にという企画が上がっている。つまり、文庫だけで11冊。

ハードカバーでは、『フラッタ・リンツ・ライフ』が書き下ろしで、『少し変わった子あります』が連載したシリーズ短編集として刊行予定。ノベルスは、Gシリーズ第4弾、第5弾が書き下ろしで、『工学部・水柿助教授の逡巡』のノベルス版が新春に。もしかしたら、『どきどきフェノメノン』のノベルス版が来年中かもしれない。

絵本は『STAR SALAD(星の玉子さま2)』が予定されているけれど、これはスケジュール的にぎりぎり。

現在、小説の連載は、『別冊文藝春秋』に「少し変わった子シリーズ」、『野性時代』に『もえない』、そして、『ジャーロ』でも始まる。これらが小説。

小説外では、『ラピタ』が毎月、『日経パソコン』が隔週、『WEBダ・ヴィンチ』が毎日というのが続いていて、今のところしばらく続きそう。

大変といえば大変なのだが、現在、小説の仕事は毎日２時間以内。この時間内では、ぎりぎりの量だとは思う。今年中に『フラッタ～』を脱稿し、すぐに鶴田さんに読んでいただき、イラストをお願いする。年が明けたら、「Ｇシリーズ」第４弾『εに誓って』を書かなければならない。年末年始も休みなし（毎年だけど）。

夜はパスカルシャンプー。膨らんでもうもこもこ。小説家らしい比喩だと、沈黙の艦隊みたい、あるいは、彼岸のなすびの馬か、それとも……。

2005年12月10日（土）

オープンディとクマ

今日は今年最後のオープンディ。何のことかというと、我が庭園鉄道の公開運転会みたいなもの。午後からお客さんが来るので、午前中はその準備に追われる。主に、庭の掃除。それに、機関車や機器の整備。寒いので、フリースの上にダウンを着て万全で臨んだ。しかし、風もなく比較的暖かい日だった。

午後、皆さんが来訪。群馬、大阪、兵庫、広島など遠方の人も。もう何度めかという方ばかりなので、今回は最初から自分で運転をしてもらうことにした。僕はポイントの切換係をしつつ、その間に蒸気機関車に石炭をくべて準備をする。

その蒸気機関車も快調に走って、楽しい一日だった。2時間ほど遊んでいたら、風が少し出てきて寒くなったので撤収。この詳しいレポートは、いずれ浮遊工作室の機関車製作部にて。

室内でお茶を飲みつつ歓談。グラマシーニューヨークのチョコレートケーキがこってり甘かった。そのほか、いなり寿司、天むすも。さらにまた、スバル氏が作ったひつまぶしも。なめらかプリンも食べた。

そうそう、3日遅れだが、またも写真のようなお祝いをしてもらった。そんなに大したことではないのに。でも蝋燭が歳の数だけあって消すのが大変だった。

今月号の『ラピタ』にクマのぬいぐるみの話を書いたのだが、20年以上まえにシカゴで、10年ほどまえにロンドンで、5年ほどまえにパリで購入した、まったく同じ形のクマのぬいぐるみ。これまで、シロクマ、薄茶色のツキノワグマ、シロクマ、の3匹だったが、今日、名古屋のデパートで購入したという焦げ茶色のツキノワグマをプレゼントでいただいた。もちろんどれも同じメーカの製品。同じものをこんなに長期間ずっと作り続けているようだ。ちなみに、大きさがやや小さいシロクマは、8年ほどまえに高知で買った。今日はもう1つ、さらに小さい焦げ茶色のツキノワグマもいただいた。

大が4匹、中が1匹、小が1匹、合計6匹になった。シカゴで最初に見たときには、黒いクマがいたのだが……。

今年最後の本ももうすぐ出るし、今年最後のオープンディも終わったし、いろいろなイベントが終了して、少し落ち着いたかも。あとは、『ラピタ』の連載を書いて、漫画の新人賞の審査をして、それから、いろいろゲラを見て、長編を1作書き上げれば、年が越せる。

2005年12月11日（日）

スローライフ

朝から落ち葉掃除。昨日がピークだったみたいで、大きなゴミ袋2つが一杯になった。どの樹の葉っぱかというと、隣の家の樹なのだが、しかし、その樹は、隣の庭よりも、うちから眺めた方がよく見えるので、文句はまったくない。こういうことってほかでもありそうだ。山は、その土地に住んでいる人、土地を所有している人たちのものだが、その山を美しく眺められるのは、離れた場所にいる人々である。

2005年は、落ち葉を拾っているうちに過ぎたといったら過言であるが、それに近い気もする。こういうのを最近の流行語で、スローライフというのだろうか。のんびりとした素敵な時間の過ごし方だ、と自分では感じる。ただし、一つだけ思うところがある。これは、思うだけで言わない方が絶対に良いことだ。しかし、この頃は作家と呼ばれてもおかしくない立場にいる僕なので、身を削り、恥ずかしい思いをしても、書くことはある。

日記を公開するのはどうしてなのか、どういう意味があることなのか、という質問のメールをいただくが、僕の場合、その答の99%は「仕事だから」である。

そういうわけで、あえて書くけれど、スローライフを若者がいきなり目指すことは、いかがかと考えている。何故なら、スローとは絶対的なものではなく相対的な評価であって、つまり、ハイスピードを長く経験した人間が価値を感じる速度がスローだからだ。最初からスローを目指しても、それはスローではない。その人間の普通のスピードになるだけのことである。自分のトップスピードも知らずに、スローになっていてはつまらない。否、つまらないことさえわからないだろう。価値があることさえ感じられないだろう。結局は、そこへ到達できない道理である。

言っている意味が通じるだろうか。言葉として通じても、まだ半分だとは思うけれど。

さらにいえば、周囲から一見スローに見えるものの多くは、実は隠れたところでハイスピードなのだ。ゆっくり動いているようで、内部のモータは高速回転している。

だから、自分が一番しんどいと思う事柄を周囲には見えないようにする、それがスローライフへの近道であるし、その言葉の意味のほとんどだと考えて良いだろう。そんなの見せかけの、つくりものではないか、と思われるかもしれない。でも、人に見せないようにすることで、自分も穏やかになれる効果はある。したがって、見栄ばかりでもない。スローライフの価値はその程度だろう。

少なくとも、「しんどい」「私は苦労している」と表に出しているうちは、けっして到達できないのがスローライフである。

まあ、「歯を食いしばってのんびりしようぜ！」という感じか。

うちの階段は、絨毯系の布で覆われているので、犬には上りやすいはず。パスカルがまだ階段を上れないので、今日はボーロ（別名カウカウ）を持って、階段の途中で「おいで」をしたら、決死の覚悟という顔で上ってきた。ボーロをくわえて、そのまま2階まで駆け上がってから、カウカウしていたが、その後呼んでも、もう降りてこなかった。彼はこれでスローライフを知ったのだ。

息子S氏によれは、パスカルの第一法則は「悪いことしかしない」であり、第二法則は「ボーロのためならなんでもする」らしい。

写真は、小説を書いているデスクトップ。ごちゃごちゃ散らかっている方がリラックスできる。

2005年12月12日（月）

この頃のウェブサイト

午前中は研究の打合せ。午後はスバル氏が出かけるため、帰宅してパスカルと留守番。落ち葉はピークを過ぎたのか、あまり落ちていないし、寒いので掃除は休み。青の6号のオイルはまだ入れていない。

買ったまま箱も開けていないものが、沢山ある。9個は模型だが、たとえば、い○○きものとか。あとは、電化製品か。これは、森家では普通のことで、どういうわけか、買っただけでほっとしてしまい、使うのが（特にマニュアルを読むのが）面倒になるらしい。

連載が片づいたので、今日から長編の執筆に復帰。毎日5000文字ずつ書こうという地道な計画。だいたい1時間くらいの量だ。1月が締切多数なので、前倒しで片づけたいところ。

コンピュータはこの頃では、スリープさせるだけで、電源を落とすことはなくなった。メモリも充分だから、OSもソフトも立ち上がりっぱなしである。そういう状態だから、リセットをするのは、OSがハングした場合だけで、これはMacのOS9だと、まあ1カ月に1度くらいはある。ハングの原因の9割は、IMの辞書で、ハングのインターバルが短くなったら、辞書を再構築する。すると直る。

OS Xになってから、こういったハングはなくなり、そのかわりソフトが勝手に終了してしまう。一番頻繁に終わってしまうのは、なんといってもエクスプローラ。3日に1度くらい落ちる。ダブルクリックして立ち上げ直せば良いだけだが、パスワードなどを再入力しないといけない。

どうして、エクスプローラを使っているのか、というと、ときどき別のブラウザを使わないと、見られないサイトがあるからだ。メインはネスケだが、エクスプローラとSafariをたまに使う。

個人のブログの半分はネスケでは見られない。だから見ない。ちゃんとした企業のサイトでも、3割くらいは見られない（国内の場合だが）。エクスプローラを必ず終了させるページもある。個人が作っているのだから、まあこんなものかもしれない。ブラウザというよりも、ホームページ作成ソフトの問題だろうか。使ったことが一度もないので想像だが。

10年まえのインターネットでは、どのページもほとんど閲覧できたし、もし乱れて見にくいサイトがあったときは、管理者に連絡をして、それを直してもらったりしたものだ。今は、多すぎていちいち連絡などしていられない。

だが、そういったハード（メディア）面は、些細な問題である。

ソフト（コンテンツ）的には、かつてのウェブサイトには「他人に利益をもたらそう」「情報を共有しよう」という意志が強く感じられた。他人の役に立つものがなにか一つくらい自分にもあるはずだ、という前向きな姿勢がHP制作を支えていた。今はこれがない（少なくとも日本には少ない）。ただ「無料ですよ」「あなたにもできますよ」「これなら簡単ですよ」と誘われて出てきたサイトが増えているだけだ。個人が普段何を考えているのかを知る、といったデータ採取には

適した状況かもしれないが、情報としての価値は高まっていない(もちろん、下がってもいないけれど)。

ただ、便利になったことは確かだ。とにかく、どんどん便利になっている。これは素直に嬉しい。インターネットがなかったら、今の生活の大半がなかっただろう。人類はとにかく、幸せがどんなものかを知っていて、それに向かってたゆまぬ努力をする生きものだと思う。

スバル氏が、栄のデパートで売り場を確かめてきたところでは、このクマはもう残り数匹で、大きいのは白だけだったとか。

2005年12月13日(火)

バックアップ

コンピュータで仕事をしている人は、これが壊れたときの恐ろしさを知っているだろう。自分のなした仕事が一瞬で失われることは珍しくない。つまり、時間が奪われる。命が部分的に奪われるのと同じことだ。

もうずっと、パソコンに向かって仕事の大半をこなしてきたので、危ない目には何度か遭った。でも、突然ということは滅多にない。必ずそのまえに兆候がある。なんか変だぞ、という前兆があって、そのときにきちんと対処していれば、こんな悲惨な結果にはならなかったのに、ということが、残念ながら「あとになって」わかるのである。

何度も同じ目に遭っていると、この前兆に気づくようになって、すぐにバックアップを取って備えるのだが、そういう備えをしたときには、大きなトラブルは発生しない。そういうものか。

昨夜、非常に小さな不具合があったので、今朝は最初の仕事がバックアップだった。バックアップを取るのは、主として自分が書いた文章、そして、メールとその添付ファイルである。アプリの設定もときどきコピィしている。アプリ自体はバックアップしてもしかたがない。

同じコンピュータを2台ずつ持っていると、システムを同じ設定にしておける。できれば、システムのバージョンも同じものが良い。普通は、HDのミラーリングをするのだが、サーバではないので、そこまでする必要は感じていない。むしろ、そのミラーリングによるトラブルの方が心配だ。

新作を書くときは、毎日2、3回はメモリィスティックにセーブする。たとえば、地震があっても、これを持って逃げれば仕事は失われない。少なくとも、水や食べものを用意するよりは前向きではないだろうか。

そうはいっても、もしパソコンが1台駄目になったら、やはりなんとかしようとして、時間が消費されるだろう。その時間が惜しい。どこで見切りをつけるかが、大きな課題といえる。

昨夜の3時頃、セコムの警報が鳴ったので、起きてきたら、

パスカルがもの凄く不安げな顔でベッドに座っていた。風が吹いて、ドアの１つが前後に揺すったため（家が古い証拠だ）、そこに取り付けてあるセンサが作動したらしい。もちろん、直ぐに解除したけれど、セコムの人から電話がかかってきた。これは出ないと警察が来てしまう。事情を話して、大丈夫でした、と説明するのだが、電話に出ているのが侵入者でないことを証明しなければならず、パスワードとか、そのほかいろいろ質問されるのである。これにちゃんと答えないと、やっぱり警察が来るので、どきどきする。

そういう嵐みたいな夜だったらしい。朝は雪景色。しかし、９時頃にはもうすっかり解けてしまった。今日はずっと出かけていて、夕方に戻って20分ほど庭の掃除をした。寒いので、また明日。

2005年12月14日（水）

トンネル

今朝も樹の枝が白くなっていた。寒そう。

国会中継を２時間ほどBSで見た。スバル氏はデジタルが綺麗だ、ともう10回くらい言っている。証人喚問というよりは、国会議員が勉強した結果を披露するゼミの発表会みたいだった。

お昼頃、パスカルを連れてスバル氏とホームセンタへ行く。カートに乗せるのは久しぶり（スバル氏をではなく、パスカルを）。今日は大人しくしていた。僕は、耳あてのついた帽子と手袋を買った。パスカルのカウカウも買った。スバル氏は球根を買おうとしたのだが、もう売っていなかった。一昨日だったか、親父が「アース・ジェットを買ってきてくれ」と電話してきたのだが、ダイエーの売り場にはもうなかった。季節が変わると知らないうちに消えるものがある。

スバル氏は結局、花の苗とミカンみたいな実がついた小さい木を買っていた。ミカンではないと思うが、それ以上のことはわからない。黄色い丸い果物は全部ミカンでも良いと思っている。ヨークシャもワイヤもスコッチも全部テリアで良いと思っているのと同じくらいだろうか。テリアもプードルもコーギーも全部洋犬だと思っているのと同じくらいだろうか。

夕方は日が差したので、バキュームで落ち葉吸いをした。落ち葉はこの頃少ない。

『工作少年の日々』の中でトンネルについて書いたと思う。トンネルというのは、穴の部分のことだから、トンネルを造るというのは、そこに存在していた土や岩を排除することを意味する。つまり、完成したトンネルがどんな物質でできているのか、というと、それは主として空気である。コンクリートやレンガは、その空気の部分に周りの地盤が崩れ落ちないためにある。

ところが、たとえば、子供の鉄道のおもちゃで「トンネル」といえば、必ず小さな山がついてくる。トンネルだけでは作れないし、売れない

からだ。このような性質のものは、他にあるだろうか？ 「からっぽ」を下さい、というようなものである。「からっぽ」って売っているだろうか？
「穴」というのも、商品になっているものは思いつかない。「風穴」とか「節穴」なんて、売っていたら面白いのに。
「窓」が近いかもしれない。「窓」として売っているものは、実際には窓枠（サッシュ）やガラスであって、特にガラスは「窓をふさぐ」役目のものであるにもかかわらず、窓とほとんど同一視されている。「谷」というのも、似ている。「谷」を描くためには、両側に山が必要である。谷に茂る樹木や、谷に流れる川は描けるが、谷だけを抽出して描けない。

2005年12月15日（木）

鉄筋

午前中は研究打合せ。午後はとある施設を見学。朝、出かけるまえに、スバル氏から穴を掘ってくれと依頼されたので、スコップで掘った。帰ってきたら、そこに木が植わっていた。ミカンではなくて、金柑でもなくて、えっと、そうそう柚だった。しかし、柚がどんなものかはよくわからない。小さいミカンのことだと思う。少なくとも檸檬ではない。

パスカルは庭に出ると走り回っているが、躰が重いからなのか、どこでもお腹を地面につけて、後ろ脚を投げ出して、このような姿勢になるため、お腹がすぐに汚れる。前掛けをすれば良いのだが。

夜はスバル氏が出かけたので、パスカルと留守番。食事をしながら、テレビでニュースを見ていたら、耐震診断の仕事が増えている、という内容で、調査依頼が来て、ちゃんとした検査・診断機関が専用の機器で調べなければならない、と報道していた。しかし、映っていたのは赤外線装置と鉄筋探査計で壁面を調べる様子だった。赤外線装置はそもそも外壁タイルの剥離を見るもので耐震とは関係がない。壁の鉄筋位置を確認しても、全然安全は保証できない。間違ったことを平気で報道しているな。信じる人がいるだろうな、と思った。

建築の構造設計が間違っていたために大騒ぎになっているけれど、むしろ問題なのは、設計は正しくてもそのとおりに施工されていない建物の存在である。そちらの方が数は何十倍もあるだろう。図面を見ていくら確かめても駄目だし、また、鉄筋探査計を使っても、内部の鉄筋の太さまではなかなか判別できないのが現在の技術である。既に完成している建物の耐震性を正確に知ることは、(大金をかけないかぎり) ほとんど無理である。

では、どうすれば良いのか、と知恵を絞って、最近になって、ようやくコンクリートを打ち込むまえにチェックをするようになった。木造や鉄骨でも手抜きは可能だが、天井裏や縁の下を見れば、それが判明する例が多い。鉄筋コンクリートだけは、コンクリートを打ってしまうと、外からはわからないということ。住宅の基礎は普通どこでも今は鉄筋コンクリートだが、コンクリートを打ち込むまえに、少なくとも型枠中の鉄筋の写真を撮るくらいのことは常識である。

大金を払って買うのであるから、それが作られているときに、なんらかのアプローチが必要であろう。特に、あとから見えない、検査がしにくいものならば、なおさらである。建物が出来上がったあとに契約したり、購入したりする、というシステムでは、この問題の解決は極めて難しい。

しかし、細かいことに文句をつけるわりに、大きなことは見逃している、お役所の体質が明るみに出たことは不幸中の幸いではないか。

ホビィルームで撮った写真。パスカルの後ろにある踏切が毎日部分的に破壊されている。ちょっと引っ張ると抜けたりするから面白いのだろう。「また、壊された」と言うと、スバル氏が「私じゃないからね」と応える。

2005年12月16日（金）

土屋先生的

今日は比較的暖かかったので、予定を変更して、午前中は機関車を走らせて遊んだ。しかし、1台だけポンプが故障していて動かなかったので、横浜のメーカにメールを書いたところ、そっくり交換してくれる、という返事が来た。でも、その返事が来るまえに既に分解していたので、ポンプだけ交換してもらうことにした。

2カ月ほどまえに注文しておいた線路や台車のパーツも届いた。年末はこれで楽しめる。そうかと思うと3年まえに注文した機関車の部品もついに発送しました、というメールが来て、夜にそれが届いた。沢山注文しているから、なにがまだ届いていないのかをときどき忘れてしまうことがある。

毎日沢山本が届く。今日は岩波から土屋賢二先生の新刊が届いた。オビに先生のアップの顔写真がある。これは珍しいのではないだろうか。ついに勝負に出られたか、と感慨も引き潮である。不真面目な内容に見せかけているが、絶対に不真面目だと思う。中はまだ見ていないけれど、子供だって不真面目な子がいるのだから、まして土屋先生ならば絶対に不真面目だと確信できる。

あと、小学館からはゆうきまさみ氏の新刊が届いた。よしもとさんが推薦しているオビだった。

中公の『大学の話をしましょうか』が重版で第4刷になるらしい。当初僕が予想した部数に達したので責任が果たせただろうか。『ミニチュア庭園鉄道』よりもこの本が売れるというのは、日本もまだまだ常任理事国入りは遠いのではないか。

また、ここ1カ月のうちに、原稿の依頼が5つくらいあって、すべてこれまでおつき合いのなかった出版社からだった。何の影響だろうか。心当たりはないが、『ミニチュア庭園鉄道』のせいでないことは確信できる。うち、1つは引き受けようかと考えている。

今週は、長編をじわじわと書いていて(「じわじわ」を書いているわけではない)、今完成度は65%くらい。予定よりも早く、来週中頃には終わるだろう。

というわけで、今日は家（の敷地）から一歩も外へ出なかった。スバル氏も出ていない。スバル氏は、だいたい毎日食料品を買いにいくのだが、たまに「あるもので済ませる」という日があって、僕はこういう日がとても楽しみだ。何故かそちらの方がご馳走になるからである。買いものなんか行かずに、毎日あるもので済ませてくれたら良いのに。

この写真は、名古屋の上社の立体交差で、信号待ちで停まっているときに撮影した。南北の環状線が一番下で、そのうえに4つ道路が重なって五層になっている名所。ちなみに、歩行者の陸橋や地下鉄も近くで交差していて、さらに複雑である。ところが、ここの信号はいつも渋滞して、1回の停車では通れないことが多いのだ。これだけ立体交差にしたのは何のためだったのか、と市民に考えさせる教育的施設だと思われる。

2005年12月17日（土）

パスカルの曲線

今日から寒くなる、とスバル氏が言っていたが、朝はそんなに寒くなかった。庭に出てパスカルを走らせたけれど、日差しは暖かい。でもよく見ると、池に氷が半分ほど張っていた。

パスカルはこの頃では散歩に出る。まえにつけていた小型犬用の黄色い胴輪はもう届かなくなって、今は赤い中型犬用だ。しかし、家の前の道を東へ100mほど行くと、立ち止まって顔を見る。「このさきはもう知らないところです」と言っているらしい。そこで引き返して、家の前を通って西へ歩く。今度は200mほど行くと、彼の限界に達する。そこで引き返してくる。だから、全部で600m歩くだけだ。

我が家の庭に戻ると、勢い勇んで駆け出していき、あっちでひと吠え、こっちでひと吠え、というパフォーマンスを見せて、「ここは僕が守っている」と言わんばかりの顔をするが、次には玄関の前に座って、「さあ、早く中に入りましょう」と言う。

昨日、ヘルスメータで測ったら、パスカルの体重は8.4kgだった。獣医さんからもらった母子手帳（たぶん名称が違うと思うが）に、スバル氏が折れ線グラフを描いている。そのグラフのページには、最初は真っ直ぐに上がって、だんだん角度が緩やかになって、最後は水平になる、というカーブが2本引かれていて、つまりその間に入れば、正常な発育という目安が示されていた。だが、パスカルの線は全然異質のもので、ずっと真っ直ぐ伸び続け、角度はここ2カ月はむしろ急になっている。数学でいうところの下に凸のカーブ

（2階微分すると正）である。文系的にいうと「末恐ろしい」だ。

ドッグフードが多いのか、と悩んでいるが、特に多くは与えてはいない。間食はボーロくらいだし、ササミも少し食べるし、ジャーキィも若干。スバル氏がペットボトルの蓋を嘗めさせているくらいが気になる点である。もちろん人間の食べものは一切あげない。まるまるとしているので、可愛いし、冬にはうってつけだと思うが、暑くなったら多少心配である。

そろそろ日記を始めて3カ月になるので、全体をざっと見直してみた。少々書きすぎている。もう少し短くしたい。というか、そういうデザインで始めたものなので、軌道修正しなくては、と考えている。気を抜くといくらでも書いてしまうので、注意が必要だ。

2005年12月18日（日）

書類嫌い

朝は1cmほど雪が積もっていた。庭に出たら、池も凍っている。パスカルはそれでも走り回った。「毛皮の黒いやつ」と呼ぼう。この写真が朝のもの。

11時頃、道路の雪が解けたので、買いものに出た。スバル氏とパスカルも一緒。戻ってきたら、急に大雪になって、1時間ほどで5cmほど積雪。早めに出て良かった。

スバル氏と事務処理会議をした。二人とも経理や書類などが大嫌いなので、たまに協力して対処しないといけないはめになる。たとえば、住所と名前を書いて郵便局へ持っていけば2万円がもらえる、というような書類でも、億劫で嫌だ。絶対に行きたくない。2万円のために文字を書き込んで、出かけていって、並ばされて、ここに印鑑がないから駄目だと言われ、もう一度出直していくと、また並ばされて、というようなプロセスが嫌いなのだ。だから、あと回しになり、そういうものが蓄積してしまう。

まず、書類というのは、読めないくらい小さな文字で注意書きがあって、それを苦労して読んでも全然意味がわからないのだ。こんなに人を不愉快にさせるものがほかにあるだろうか(たまにある)。

書類だけが悪いのではない、それを提出するあの「受付」とか「窓口」というのが嫌いだ。どういうわけか、金を取る場合は、自宅まで集金にきたり、笑顔で非常に丁寧に説明してくれるが、金を出す段になると、人が変わったように「あっちの係へ行ってくれ」「最寄りの窓口で相談してくれ」と冷たくなる。絶対に、金を集めた人間が相手をしないシステムなのだ。

本当に嫌だ。考えるだけで憂鬱になる。

スバル氏の方が僕より多少は打たれ強いので、彼女の管理の下、手先となったつもりで動くことにしている。

自分がロボットだと思えば、役所に証明書を取りにいくくらいなんでもない。

写真は3時頃に書斎の窓から撮ったもの。夜半には20cm以上積もっていた。明日はどこへも行けないだろう。

2005年12月19日（月）

大雪

そんなに降ったとは思わなかったけれど、朝起きたらけっこう凄いじゃん、みたいな。厚いところは30cmほども綺麗な雪がのっていた。

デッキには松の樹が垂れ下がってきている。雪の重さのためだ。いつもは、手が届かないほど高いところにあるのに……。「今のうちに枝を払おうか」と言ったら、スバル氏が「そうやって、無理をして怪我をする人がニュースで報道されるんだよね」と言った。沈着冷静な人だな。

南の玄関を開けてみたら、これまた見事。綿菓子みたい、と書くとありきたりだから、2秒くらい考えた。古い冷蔵庫の霜取り直前みたい。ショートケーキのような艶はなく、やっぱり綿菓子が近いか。

パスカルは最初は警戒して出ていかなかった。生まれて初めてのシチュエーションだから無理もない。でも、そのうち飛び出していって、ジャンプして雪の中を突き進んでいった。後ろ脚が少し小さいものの、一応4WDだ。雪陸両用である。しかし、冷たくないのか。鼻を雪の中に突っ込んで、食べ放題していた。

しばらくして戻ってきたが、抱き上げると、何故かほとんど濡れていない。なかなか優れた毛皮である。

今日は、昨日の会議を踏まえ、スバル氏と一緒に銀行や郵便局へ出向く予定だったのだが、これでは一歩も外へ出られない。たまに、心を改めて事務仕事をこなそうとすると、この有様である。「天は我らの出鼻をくじかれたか」と嘆くしかない。映画のタイトルは『八方打算』かな。

午前中はしかたがないので、小説を書いた。『フラッタ・リンツ・ライフ』を最後まで書き上げた。予定より1週間早い。3日ほど休んでから、1月前半締切の連載ものが4つもあるので、できるだけ前倒しで片づける予定。というのも、予定外の仕事が3月頃に入りそうなので、全体的に前に詰めないといけなくなった。

お昼頃には雪は3分の1くらい解けていた。知らない間にスバル氏が大きな雪だるまを作っていた。沈着冷静な人だと思ったが、見損なっていた。どういう動機なのか、あるいはどういうエネルギィなのか、まったく不思議である。

2005年12月20日（火）

雪掻き

朝から晴天。でも、昨日の雪が残っているため、まだ道路に車が出せない。パスカルを連れて、スバル氏と100mほど東まで様子を見にいったが、坂道でスリップして上れない車をみんなで押していた。その地点より奥の山道はまったく車が通れないらしい。引き返さなければならず、大渋滞だった。

今日は、燃えるゴミと資源ゴミを出す日で、資源ゴミは200mくらい遠くまで持っていく必要がある。朝起きてきて、「じゃあ持っていこうか」とスバル氏に言ったら、「もう持っていった」と言われてしまった。このところ、5回連続くらいで火曜日に30分くらい寝坊をして、スバル氏に出し抜かれている。ゴミの日にだけちゃんと早く起きられる彼女も凄い。燃えるゴミの方は、家の前に一応出したけれど、道路が凍結しているせいか、結局収集車は夕方になっても来なかった。

その道路の雪（氷）をスコップで少しずつ削ったりしたので、お昼頃にはどうにか出られるようになった。車で麓まで下りたら、もう街は普段と変わらない。郵便局と銀行へ行き、スバル氏が中で手続きをしている間、パスカルと駐車場で待っていた。

今日は3種類の書類を処理することが目的で、うち2つは無事に終了して現金に変わったものの、残りの1つは新たに6枚の書類が必要になって戻ってきた。うちには、まだこんな書類が10以上ある。これというのも、僕の母親が簡易保険や積み立て貯金が趣味的に大好きだったためである。基本的にすべて解約するつもりなのだが、なんと郵便局には「解約願い」といった書類はなく、見ても何の書類かわからないものばかりだった。親孝行だと思うから、我慢してやっているのだけれど、本当に面倒である。一言いわせてもらうが、「簡保」という2文字を見ただけで気持ちが悪くなる。僕は子供たちのために、絶対に加入しないと誓った。

帰ってきても、前の道路の雪掻きをした。庭は日が当たるところは解けたが、半分ほどはそのまま雪が残っている。デッキもまだ歩けない。

長編執筆が早期に終わったので、今日は連載のゲラを1つ見ただけ。先日届いた蒸気機関車の部品をガレージの床に並べて、1時間ほどかけて確認をした。まだ足りないものがあるが、しかし嬉しい。3年越しの組み立てだが、来年は是非完成させて走らせたいものだ。

2005年12月21日(水)

郵便局とデパート

今日も同じ郵便局へ行った。6枚のうち3枚の書類に記入したので、今日は僕が窓口に提出した。スバル氏はその間にダイエーで買いものだ。別れ際に「頑張ってね。短気を起こさないこと」

と助言された。コーチみたいである。

書類を見た係の人は、「これはうちの書類ではありません。郵便局をお間違いになっていませんか？」と言うのだ。なかなか凄い先制攻撃である。「これは、昨日ここでもらった書類です」と2回主張して、なんとか見てもらった。

その後、3人の人間がカウンタの中で僕の書類を見て会議をしている。ようやく呼ばれたので出ていくと、やっぱり6枚揃ってないと駄目だ、とのこと。しかももう1枚書類が追加になった。怒らない怒らない。

さて、郵便局に限らないが、保険を扱っているようなところでは、月々の保険料はすなわち「売り上げ」なのだ。お金を預かっているという意識はなく、「売り上げた」と考えている。たとえば、「解約したい」と客が言いにいくと、必ず「継続した方が得ですよ」と勧める。しかし、長い目で見れば、途中で解約すれば客は損、保険組織はその分明らかに得になる。でも、解約してなにがしかの還付金を支払えば、それは今の「損失」であり、月々の入金がなくなるので、今の売り上げも下がる。これが今の「成績」になる。こういう意識の人間ばかりがいるのが、つまり保険を扱っている組織だ。将来のことなど誰も考えてないことがわかる。

金を集めるだけ集めて、将来はそれが返せなくなる。まあ、客の大半は年寄りになって、ぼけてくれるし、証書もなくなるだろうし、手続きは面倒だし、うやむやになる、と期待しているわけである。

明るい話題も書こう（暗かったのか？）。

スバル氏は、高島屋のポイントカードを持っている。それは、リサとガスパールの作者が描いた黒猫とブチ犬の絵のカードがもらえるからだった（当然ながら会費はゼロ）。このまえ、高島屋からポイントの確認のためカードを持ってきてほしいと連絡があったが、彼女は、更新だからとそのカードを取り上げられることを恐れていた。でも、行ってみたら同じカードがまた使えると聞いてほっとした、という。その話を聞いたので、「で、ポイントはどうなったの？」と尋ねたら、「たまっていた」と短い返事。「そのたまったポイントで何かもらえなかった？」ときくと、「商品券がもらえた」とまた短い返事。「いくらの？」と追及したら、「えっと、ねえ……、15万円くらい」と言って笑いだした。越前屋か。いくら買いものしたんだ？

雪はまだ残っている。一昨日スバル氏が作った雪だるまもまだある。庭園鉄道もまだ不通。でも、天気が良かったから、夕方小さい機関車を走らせて遊んだ。

2005年12月22日（木）

迷惑メール

雪はまだ残っている。スバル氏が出かけるので、駅へ送り、それから書店に寄って帰ってきた。留守番していたパスカルが飛びついてきて、その後は「お母さんがいない」ばかり言いにくる。

「君のお母さんはブルーマール」と教えても納得できないようだ。『母はブルーマール』というタイトルはなかなか良いと思う。

雪がまた降った。でも天気は晴れている。太陽が出ている。夕方、ダ・ヴィンチのI子氏と電通の人たち6人が来訪。新しい仕事の打合せ。今回の仕事とはまったく関係がないが、おみやげにこれをもらった。今年のバージョンらしい。

話は変わるが、迷惑メールというものがある。僕自身はそれほど迷惑だとは感じていない。世の中にはもっともっと迷惑なものは数知れず存在している。まとめてゴミ箱に捨てればあとかたもなく消えてしまう程度のものは、大した迷惑とは思えない。それに、あれはあれなりに宣伝を試みているわけで、迷惑をかけることを主目的にしているわけではない。迷惑になることは承知しているが、自分の利益になる可能性があるからやっているのだろう。つまり、選挙運動の宣伝カーが煩いというのと同レベルであって、暴走族が煩い、というのとは違う。こういう点では、迷惑や混乱を主目的とする行為よりは罪が軽いように思われる。ただ、不正な部分があるのは確か。だから、別のところに迷惑がかかっている。そうではなく、僕が受ける被害として比較した場合の話だ。

迷惑電話は時間を取られるし、迷惑郵便はゴミが増えるし、選挙の宣伝カーは音を消せないし、それに比べれば、ということ。

本気で迷惑をかけたいのならば、もっと普通の文面にすれば見分けがつかなくて迷惑度が増すはずである。

こういった種のものを眺めていると、「こんな馬鹿なものに引っかかる奴がいるものか」と笑えてくるが、しかし、引っかかる奴がいるからなくならない道理だとも思える。

講談社の担当K城さんから、「日記の写真にちょっとだけ死にました」とメールが来た。彼女が見ていないことを祈ってアップしたのだが、見られていたか……。

2005年12月23日（金）

またも！

昨夜、I子氏が帰るときに雪が降りだしていた。タクシーを呼ぶため電話をしたが、どこも電話に出なかった。名古屋のタクシーはいつもこうである。雪が降ったら、商売はすべてお休みなのだ。それで、彼女たちは歩いて山を下りていった。無事に帰り着けただろうか。

夜にまた雪が降り積もり、今朝は15cmほどになっていた。このまえの半分。ただし、そんなに寒くなかったので、燃えるゴミはちゃんと出した（お昼にはなくなっていた）。

長女M氏が昨日から帰って来ているため、良いところを見せようと思ったのか、パスカルが庭で雪の中を走り回った。「また池に落ちると危ないから」とみんなに言われたが、その10秒後に本当に池に落ちた。このまえは水を飲もうとして頭から落ちたのだが、今回は池を飛び越そうとして、踏み切り位置の目測を誤った、と分析できる。

池は薄い氷が張っていた。また、昨日、残っていた雪をスコップで集めて放り込んであったので、水の中はほとんどシャーベット状態だった。頭は水中に入らず、両手を出して淵に立っていた。すぐに救助して、家の中に運び入れ、シャワーを浴びさせ、そのままシャンプーになった。昨夜、そろそろシャンプーしようか、という話をしていたところだったので、タイミングは良い。

写真は、シャンプーのあと、お腹をタオルで拭いてもらっているときの顔。

「2回も落ちるか、犬が」と口々に罵られ、「毛皮の黒い奴」改め、「2回落ちた奴」と呼ばれている。受験生諸君は気にしないように。

今日も、ゲラチェックを少ししたのみ。出かけることもできないので、ずっと工作をしていた。

2005年12月24日（土）

清し工作の夜

午前中はスバル氏とダイエーへ買いものに。このとき、震度2か3くらいの地震があった。場内放送で、「建物に異常はありません」とアナウンスしていた。初期微動の長さからして、県内もしくは近県が震源だと思う。

昼頃帰宅し、今度はスバル氏と長女M氏が出かけたので、パスカルと留守番。といいながら、ずっとガレージでペンキ塗りをしていた。雪はすっかり解けているので、外でやっても良かったのだが、もちろん、ガレージの中の方が暖かい。

夕方に、親父から「ガスが壊れた」という電話があった。ガスは燃料だから壊れない。ガス湯沸かし器が壊れた、という意味である。以前に、風呂の湯を出しっぱなしにしたため、ガスの安全装置が働いてストップしたことがあったので、またそれだろう、と思ったが、話を聞いてみると、そうではないようだ。「丁度、もうすぐ電気屋さんが来るから、見てもらう」とひとまず電話が切れた。

あとで、かけてみたら、「電気屋の奴はよう直さんかった」と怒っていた。そりゃあ、無理だろう。ガス屋に電話をしても出ない、というので、番号を聞いて東邦ガスへ電話をかけたところ、そのとおりなかなかつながらない。変だなあ、と思っていたら、5回目くらいにやっとつながった。どうやら、午前中にあった地震の影響らしい。親父の家も、安全装置が作動してガスが止まったことがわかった。それで、もう一度親父に電話して、リセットの方法を教えて、なんとか復旧。

夕方からも、ずっと工作室にいた。何を作っているのか、ということはひと言ではいいにくい。最近は、いろいろなものを同時進行で作るからだ。20個くらいは、作りかけのものがある。そのうち、休んでいるものが15個くらいで、残りが、現在進行中のものだ。今日は、その5つすべての作業をした。

このようにしているメリットは、時間ができたときに、どれかの作業ができる、ということ。あるいは、一つのことに集中して、慌てて失敗をしないこと。ようするに、短気な自分の性格に対応して、いろいろなパターンを試した結果、この方式に辿り着いた。一つのことに集中したい性格だからこそ、自分をコントロールしていらいらしないようにしている。現在、僕の中でこのマルチタスク方式を採用していないジョブは、小説の執筆だけだが、これもいずれマルチになるだろう。

これまでの人生で、年末年始は、自室に籠もって工作をしていたことが多い。暖房が効いた部屋で、静かに一人だけで過ごすにはうってつけの期間である。こういうときにこそ、幸せを感じる。孤独も寂しさも、とにかく僕には明るく楽しいイメージだ。大勢で賑やかな場所が明るく楽しいって、誰が決めたのだろうか？

2005年12月25日（日）

公園と工作

朝から日差しが眩しい晴天。午前中からいきなり工作。昼頃、スバル氏がパスカルと長女M氏を公園へ連れていきたい、という

ので車を出す。すぐ近くの緑地公園へ。親子が電動のラジコン飛行機を飛ばして遊んでいた。僕も、ときどき小さい手軽な飛行機を欲しくなるけれど、やっぱり、あれでは飛行機の面白さは味わえないだろう、と見ていて思った。

滑り台を長女M氏が滑るのを心配そうに見上げているパスカル。

沢山の犬が来ていたが、どの犬よりも丸さでは負けないと思う。「丸さの犬」と呼んでも良いくらいだ。

パスカルはあまり沢山は歩かない。引っ張ることもなくて、人が行くところへ、しぶしぶついてくる感じ。リードがほとんど必要がないくらい。スバル氏と一緒にブランコにも乗せてもらった。そんなに嬉しそうではなかったけれど。

午後は、雪が解けた庭で落ち葉拾いを久しぶりにした。それから、小さいライブスチームを走らせた。ライブスチームというのは、火で水を沸かして走らせる蒸気機関模型のことで、蒸気機関車や蒸気船や蒸気自動車などの分野がある。いずれも、人が乗れる大きさのものから、ラジコンやフリーで動かす小さいものまである。

今日は、小さい機関車(45mmゲージ)。今年の夏、直径5mの円形に線路を新し

く庭に建設したので、いつでも運転できる。線路は地上約70cmくらいの高架になっているから、ハンドリングは楽だが、脱線したら大事故になる。今のところ一度もそれはないけれど。

この線路は、たった1日で作ったもので、仮設のつもりだった。一応今まで風雨や雪にも耐えた。でも、そろそろちゃんとしたものに作り直したいので、今のうちに材料を加工し、暖かくなったら工事をしようと考えている。考えているだけでは、なんの効果もないが。

夜も黙々と工作をしていた。このように、一人で遊ぶと、「クリスマスらしいことをしたなあ」と満足できる。

『フラッタ・リンツ・ライフ』はざっと読み直してから、担当編集者へメールで送った。鶴田謙二氏にもイラストの構想を練ってもらうために、この第1原稿が届くはず。さらに手直しをして完成原稿になるのは3月後半の予定。

2005年12月26日(月)

ストーブ

午前中、研究関係で来客があった。2時間ほど会談。朝から、曇り空で寒い感じだが、昼頃は少し晴れたので、久しぶりに庭の掃除をした。バキュームクリーナで落ち葉を吸い込む作業がメイン。雪はまだ少しだけ残っている。

肉体労働で疲れたので、ガレージの2階で昼寝をしていた。セラミックファンヒータをつけて、毛布にくるまっていたら、スバル氏が買いものに出るというので、つき合ってダイエーへ。電化製品のところでストーブを見たが、今は電気のファンヒータは置いていない。全部赤外線タイプのものだった。

それをスバル氏に話したら、「寒いの？」ときくので、「ガレージは母屋よりも寒い」と話すと、「じゃあ、お歳暮でもらったメロンと梨と野菜はガレージに置いておこう」と言う。帰ったら、さっそくダンボール箱を３つ持ってきた。

赤外線タイプの明るくなるストーブは、今まで使っていなかったが、スバル氏が１つ持っている。もちろん彼女の部屋はエアコンはあるのだが、寒がりなので、即効性のあるものを、と望んで買ったもの。それを今夜借りて、使わせてもらったら、500Wで、僕のファンヒータの半分の電力なのに、もの凄く暖かい。そうか、だから今はこれに替わったのだな、と理解した。

スバル氏は、「私は暖かいジーパンが欲しい」と言う。「沢山持っているじゃない」ときくと、「駄目、全部穴が開いているから」とのこと。穴が開いたのばかり買っているから、「風が入るし、パスカルが冷たい鼻を入れる」のが、困るということらしい。

工作室はエアコンが効くので、そちらは支障がない。今日もいくつか工作を進めたが、キットの説明書の英語を読んで、インチをミリに直す計算の方がやっかいだった。イギリスもインチだけれど、ちゃんとミリの併記があるものが多い。フ

ランスはさすがにミリ表示。アメリカは絶対にインチしか使わないから困る。こういう国だから、他国へ強引に攻め込んだりするのかもしれない。

ガレージの2階は、北側に巨大な台形の窓がある。母屋の屋根に残っている雪が見える。今日は、小説を5000文字ほど書いた。

2005年12月27日（火）

ロットリング

7時半に起きたが、スバル氏が燃えないゴミを出したあとだった。残念……。

午前中は一人で出かける。戻ったのは昼過ぎ。昨日は、スバル氏から借りた赤外線ストーブが良い、と書いたが、今日使っていたら、やっぱり具合が悪い。ストーブに向いている面は熱いが、反対側は冷たい。なんか、そういう惑星になったみたいな気がしてくる。こっちが北極になるのだな、という感じで。それよりも、膝掛けで脚を覆い、ファンヒータに当たっている方が、だんだん暖気でぽかぽかになるので具合が良い。つまり即効性よりも持続的な快適性を求めていることを今さらながら自覚した。

そこで、工作室で使っ

ている少し大きなセラミックファンヒータを書斎に配置替えした。今はとても温かくて気持ちが良い。昨年の今頃は、ガレージの書斎を諦め、母屋の別の部屋を冬場の仮書斎にしていたが、今年はこれで乗り切れそうな気がしてきた。

工作室にはエアコンがあるので、そんなに寒くない。それに、躰を動かしていれば温かくなる。写真は、その工作室から北のデッキを撮影したもの。まだ3日まえの雪が残っている。しかし、そろそろ解けて、庭園鉄道も通れるようになった。

『別冊文藝春秋』の短編を書き上げた。これはシリーズ短編の7話めになる。8話で完結する予定なのであと1話書いて、来年中に単行本になる。手直しは明日。締切はまだ2週間以上さき。

続いて、『日経パソコン』の連載を書く予定。イラストはスバル氏なのだが、内容が理系なので、簡単なラフを僕が描いて、しかも文字は僕がロットリングでペン入れしている。そのロットリングのインクがなくなった、とスバル氏が言っていた。彼女は先日、ハンズでそれを探したが、売っていなかったらしい。今どき、ロットリングなんか使う人が少ないのだろう。少なくとも製図は全部CADになった。

ところで、ロットリングよりも安い、ボールペンかサインペンみたいな新しいペンも幾つかある。しかし、あの類のものって、極細0.1mmとか0.2mmとか謳っているわりに、書いてみると、全然太くて駄目だ。表示の3倍は確実に太い。たぶん、線の太さではなく、ボールの大きさを示しているのだろうが、そんなのユーザの知ったことではない、と思える。新製品が出ると、今度こそはと期待して試してみるのだが、いつも期待を裏切られる。

2005年12月28日（水）

模型蒸気機関車

娘とスバル氏が東京へ行くので朝、駅まで送った。天気は良く、庭の掃除も少しできた。パスカルの散歩は「パトロール」と呼ばれているが、今日はいつもの半分、東へ50m、西へ100mしか行けなかった。東は建築工事をしていたし、西はバキュームで庭師さんが落ち葉掃除をしていたため、「これ以上は危険です。引き返しましょう」とパスカルが言いだしたからだ。

今日は、蒸気機関車の組み立てをした。この機関車は3年まえから作っているもので、こんなに長くかかっているのは、作業が遅いからでもなければ、手間がかかるからでもない。キットは4回に分けてメーカから部品や材料や図面が届く。それが、1年に1回というスローペースなのだ。これだけ遅いと、何を組み立てていたか忘れてしまうほどで、ちょっと困る。しかし、焦ってもしかたがないので、ときどき「今日はやろう」と思い出したようにやる気を出して作っている。

新聞などでよく「手作り」の蒸気機関車として紹介されているけれど、今ではほとんどがキットで、ゼロから作る人は非常に少なくなった。もちろん、まだ手作りの人もいて、2年や3年ではなかなか作れない。もっとも、この頃はCADで設計し、データを工場へ送ればレーザカットした部品が届く、という便利な時代になったので、自分で工作機器を持っていなくても、設計さえできれば、作り上げることができる。これを「手作り」といえるかどうかは別問題だが。

機械工作というのは、8割がたは設計であって、図面さえちゃんとしたものが完成すれば、それを実際に作る作業には時間がそれほどかからない、との認識もある。設計が「創る」であり、工作が「作る」であるから、両方で「創作」になる。

本ものそっくりに拘って作る人が多いけれど、本ものそっくりの方が、ある意味で設計は簡単である。正解ともいえるお手本が既に存在するからだ。本当にゼロから、つまり自由な発想で実物にはないものを「創作」する方が難しいだろう。

さて、どうして蒸気機関車がこれほどまで模型マニアを虜にするのか、というと、つまりはその単純さにある。個人の手作業で作り出せるテクノロジィだということ。これよりも新しいメカニズムになると、個人の技術で縮小模型を作ることがやや困難になる。

メカニズム的には飛行機の方が簡単なのだが、飛行機には軽く強力な動力装置が必要だし、コントロールには無線装置が不可欠だ。このいずれもが、個人の工作レベルを超えている。

僕は、HPや本などで、鉄道以外の模型のことを極力書かないことにしている。それは、自分がやっていることが、まだまだ未熟で、公開できるようなオリジナリティを自身で見出せないためだ。もちろん、自分が楽しむことはできる。ただ、他人にとっても価値を有するためには、やはりそれなりのオリジナリティが必要だと考えている。

2005年12月29日（木）

仕事進む

朝から良い天気で、庭で池の掃除をした。水に落ちた葉を拾い上げる作業。まだ氷がもちろん残っていた。庭園鉄道では、デッキ駅の線路工事を予定していた。1週間ほどまえからガレージで準備をしていたが、あとは現場での作業が残っている。しかし、母屋の北側のため雪が残っていて、今日も無理だった。しばらく延期。

2回も落ちたくせにまだ池の水を飲もうとするパスカルだが、今朝は池が凍っていたので嘗めることしかできなかった。氷の厚さは1cmくらいで、パスカルならば乗れると思える。

ところで、パスカルを「パスカル」と呼ぶのは僕くらいで、スバル氏は「パッチィ」とか「パッチュ」と呼んでいる。また、「レデーちゃん」という別名もあるし、このまえは「トドクロちゃん」と呼ばれていた。

スバル氏がいないため、パスカルが異様に甘えてくるので、自然に笑えてくる。昼頃、パトロールに出かけたところ、今日は所定の距離まで行くことができた。しかし、そこまで行くと止まってしまい顔を見つめて動かなくなる。

パトロールから帰ってくると、かなりハイになってじゃれつく。

どうやら、外に出ることが緊張するらしい。帰ってきてほっとするのだろう。

小説の方は、1月10日締切の『別冊文藝春秋』の原稿を昨日発送し、1月中旬締切の『日経パソコン』の原稿を75%ほど書いた。いつも4回分をまとめて書く。つまり、3回分を書いたという意味だから、1月締切の分は既に終わっているが。

3月の講談社文庫のゲラが届いた。まず、『悪戯王子と猫の物語』の方で、文章ではなくイラストのチェックのため。カラーの文庫だ。もう1冊、ついに『アイソパラメトリック』が文庫になる。この本は4300円で限定8000部というスペシャル本だった。今回の文庫化では、もちろんバッジはつかない。

台湾版の『幻惑の死と使途』と『夏のレプリカ』が届いた。後者は『夏的模造品』だった。前者の中国語題には「門徒」という言葉が使われていて、これは「使途」ではなく「使徒」の方だが、議論の末にこうなったもの。台湾版というと香港にも流通するようだが、今度は別の出版社で中国（大陸の方）でも出版したいとの打診もあった。

海外版がどの国でどれくらい出ているのか、今まであまり気にしていなかったけれど、そろそろデータを整えるべきか、と考えている。時間があればやりたい。

2005年12月30日（金）

パスカルベッド

昨日、パスカルの姿が見えないので、家の中を探したら、暗い寝室のベッドの上にのっていた。近くにクッションがあったので、それをステップにして上がったらしい。ということで、東京のスバル氏に、「パスカルがベッドの上にいたよ」とメールしたら、「そこで一緒に寝たら」と返事が来た。それもそうだな、と思って、その寝室で僕も寝ることにした。いつも寝ている寝室ではないから、パスカルも最初は驚いていたが、結局一晩中、すぐ横で眠っていた。

デッキで線路の拡張工事がしたかったので、お昼頃、氷をスコップで排除した。それで、新しい線路を置いてみて、接続などを確認。ここで印を付けて、もう一度ガレージで切断などの加工をする、という手順。年明けには開通させたい。

昼過ぎに横浜の妹一家がやってきて、シュウマイをおみやげにもらった。すぐに6つくらい食べた。そんなに美味しいものでもないけれど、実に安定した期待を裏切らない味である。誠実というのか、それとも頑なというのか。

そのあと、スバル氏や長女M氏、それに京都から長男S氏が一度に帰ってきた。パスカルの様子を見ていたら、一番最初に飛びつくのは長女M氏、その次がスバル氏、そして、最後に申し訳程度に長男S氏に尻尾を振っていた。

パスカルはもうほとんど成犬の大きさだと思う。後ろ脚はまだ投げ出す。この写真では横向きだが、真後ろにも出る。毛が長くなったので、脚が出ないほどである。尻尾も短く見えるし、耳もないように見える。

ＴＶで、鉄筋コンクリートのマンションの模型を作って振動台で揺する、というＴＶ局のやらせに近い実験を放映していた。鉄筋量の差がどれくらい耐力に影響するのかを劇的な映像として見せようとした、ただそれだけの演出だった。新しい知見は得られないから研究ではない。実験などしなくても、計算で求めた方がずっと正確だし、模型製作の精度が大きな影響要因として混入するだけだ。そもそも、崩壊形態は、縮小模型で再現できるような単純なものではない。ＴＶ局からの要請を断れなかったのだろうか。だとし

たら、悲劇的な研究室だ。

世知辛い世の中ではあるけれど、明らかに過去のどの時代よりもましである。ニュースなどで、「安全で安心できる社会を取り戻すにはどうしたら良いか」と言っているが、「取り戻す」って何だろう？　もともとは安心だったのか。単に、生活が大変で不安にも気づかないだけのことではなかったか。そういった余裕のない昔に戻れという意味だろうか？

『日経パソコン』の原稿は終わり。あとはイラストだけ。

11月のパーティのときの花束がまだそのまま部屋に置いてあって、ドライフラワになっている。

2005年12月31日（土）

大晦日のプロジェクトX

8時に起床。パスカルの散歩に出たが、けっこう暖かいので、デッキの線路工事を行うことにした。10時頃から始めて、結局3時間かかった。ダウンジャケットを着ているし、耳当ての付いた帽子を被っているから寒くはないが、細かい作業があるため手袋はしていられない。デッキで、長さの確認をしたら、線路をガレージへ運び、そこで電動ノコで切断する。それから、ジョイントのために穴をボール盤であける。再びデッキへ運んで接続作業をする。これの繰り返し。

いつも感じることだが、電動工具というのは、材料をいかにセットするか、いかに固定するか、というところに技術の力点がある。

屋根の上に氷が残っているので、ぽたぽたと水が落ちてくる(雨樋がないため)。その下で工事をしているわけで、なかなか過酷な環境だった。中島みゆきを口ずさみたくなる。

そうそう、プロジェクトXは、5話くらい見たことがあるが、はっきりいって、ああいったノンフィクションものというのは、とにかく苦労を誇張しすぎる傾向にある。もの凄い苦しみに耐えて、やっと達成した仕事を褒め称える。まるで苦労しないと褒めてもらえないかのようだ。ところが、全然そうではない、苦労したかどうかではなく、良い仕事だったかどうかが問題であり、社会的価値である。

それから、どんな過酷な状況であっても、その作業の最中というのは、わりと楽しいものだ。本当に良い仕事をした人間ならば、その楽しさを知っているはずである。そこを見せず、苦労だけを誇張しなければ感動が得られない、とは、なんとも安っぽい感動である。あと、家族の協力が必要だったとか、身内に不幸があっ

たのに乗り越えたとか、そんなことまで持ち出されると、なされた仕事が小さく見えてしまう。凄い技術、発想、集中力、忍耐力を単純に見せれば良いではないか。

というわけで、寒いところでめちゃくちゃ苦労して線路工事をしたが、なんでこんな苦労をしているのか、といえば、単に楽しいからである。終わってリビングに戻ったら、スバル氏がオムライスを作ってくれていたが、庭園鉄道のプロジェクトを支援しているわけではない。TVが取材にくれば、絶対にこのなんの関係もないオムライスを大きく撮るだろうな、と思った。

さて、ブログを始めて、今日で3カ月になる。ここまでで1冊の本になる予定だ。毎日書くという仕事は、特に苦にはならない。ネタはまったくストックがないから、常にその場で思いついたことしか書けない。そこが日記の醍醐味だろう。

メールによれば、かつての日記とは違う雰囲気を感じる、という人が何人かいた。たぶん、ですます調でないことが大きいのでは。また、まえの日記を始めたときは30代だったので、かなり過激なことを書いた。今の方が内容は大人しいと思う。生活は計画どおりどんどんシンプルな方向へ進んでいるから、多少のゆとりは出てきたかもしれない。

庭の花壇に黄色い

花が咲いていた。スバル氏が花の名前を教えてくれたが忘れてしまった。覚える気がないからしかたがない。そのすぐそばを通る機関車の名前を彼女が覚えられないのと同様である。光が眩しい日は、写真がとても面白い。影もくっきり出るし、明暗がダイナミックだ。ついついカメラを地面に向けたくなる。

MORI LOG ACADEMY 1

国語

2005年10月1日（土）

「中」がつくと変な感じのもの

休暇が終わったわけだが、これまでは「休暇中」だった。これは変だろうか？　人によって違うと思うが、この頃は、「考え中」とか、「故障中」とかも、普通に使われるようになったから、許容範囲かも。もともとは、「中」は「〜する」「〜をする」という動作を行っている最中である、という意味に使われる。「休暇をする」や、「考えをする」とかは言わないので、「中」が後ろにつくと違和感がある。「休暇中」は「風呂中」と同じくらい変だ。「休息中」ならＯＫ。でも、「期間中」という使用例もあって、これに準じていると考えられなくもない。また、「故障する」は言うけれど、「故障」は動作ではない。状態を表しているものだから、「故障中」と書かなくても単に「故障」で意味が通る、というわけ。これって、もうあちらこちらに書かれていることだと思う。「考え中」が広まったのは、平成教育委員会という番組のせいらしい。普段でもよく耳にする。しかし、「食べ中」とか、「遊び中」とか、「歩き中」とかはあまり聞かない。「ワープロ中」は、「ワープロする」を使う人には普通。

英語だと、「ing」がつくつかない、というのに似ているかも。でも、ちょっと変な語感だから、印象に残って広まることも多い。これは、英語も同じらしい。ちなみに、「ガーデニング」は和製英語ではない。

2005年10月5日（水）

作文について

子供のときに読書感想文というのがあって、あれが実にくだらない、と子供心に感じた。だから、絶対に本当のことなど書かなかった。いい加減に書いて、つまり、先生が喜ぶようなことを書けば褒められた。実際に、それで賞状をもらったこともある。ああ、くだらない思い出。

本を読んで、その感想を文章にすることは、自分の考えをまとめる、という訓練としては、そこそこの価値がある。気持ちというのは、なかなか他人に伝達できないものだから、その局所的なものを一般的にする行為は価値がある。しかし、そもそも、人に伝えたい、という気持ちがまず大切であって、「わかってもらいたい」という動機がなければ、文章はけっして良くはならない。その気持ちがない状態で書けば、ようするに入試の小論文に見られる、おきまりの構成、テーマ、常套句の嵐になって、読めるけれど、意味のない文になる。そういったものをいくら書いたところで、それは文章を書けることにはならない。

それよりは、この頃の流行のブログの方が、少しはましだと思う。誰ともわからない相手に（そんな者はいないかもしれないのに）、気持ちを伝えようと前向きになってアウトプットする素直さは、非常に平和的で、社会的で、そして善良である。

自慢したいことや、同情してほしいことや、知ってほしい気持ち、褒めてもらいたい行動、そういうものが誰にもあって、それをこれほど公的かつ私的に（つまり遠いけれど身近で）書けるシステムは今までなかっただろう。この際だから、読書感想文なんかやめて、ブログを学校の先生が読めば良いのではないか。

2005年10月8日（土）

「すぎ」の用法

少しまえからだが、「面白すぎ」「美味しすぎ」というように、単に強調の意味で「すぎ」が会話で使われるようになった。もともとは、「行き過ぎて逆に困った状況」を評価したニュアンスがあったのだが、今はそれがすっかり消えている。

でも「食べすぎ」とか「遊びすぎ」のように動詞につくときは、まだ否定的なニュアンスが残っているはず。否、わからない、「よく食べた」という意味で「食べすぎました」と言っている若者もいるかもしれない。コミュニケーションに気をつけよう。

「食べ過ぎを気にしなさすぎ」というような複雑な用法もある。否定に「すぎ」がつくと難しい。「食べなさすぎ」があるなら、「食べすぎなさすぎ」もありえるか。どう意味が異なるか考えるのが面倒なさすぎなくもない？

「私にはできすぎです」が謙遜にならなくなるし、デキスギ君が非の打ちどころのない優等生になってしまう。ようするに「すぎたるは、及ぶがごとし」であって、世の中なにかと頭打ちになっている影響といえなくもない。

2005年10月12日（水）

主語を省く

「受け身」というものがあって、たとえば、「私はそれを赤いと思う」を受け身にして、「それは赤いと思われる」と表現する。英語だと、「be considered」なんかが、論文でよく出てくる。主語を消すと、少し上品になる。あまり、私、僕、俺、と表にしゃしゃり出ない方がハイソな感じなのだろう。受け身と敬語が同じ形なのも、理由があったはず。

「貴方がこれをしてくれたら、私は嬉しい」という状況を、「していただけると嬉しい」と表現する。「していただける」のも「嬉しい」のも主語が「私」なので流れが良い。ところが、「していただくと嬉しい」と言ってしまうと、なんかもやっとする。それは、「していただく」のは貴方で、嬉しいのは私、というように主語が入れ替わって目まぐるしいせいだろう（たぶん）。

「していただくと楽しいですよ」は、楽しいのが貴方になるので、若干自然だが、「貴方は楽しいですよ」は少し押しつけがましい言い方に聞こえる。「していただくと楽しめるかもしれません」と流すのが良いか。しかしこれを、「していただけると楽しいです」と言ってしまうと、「していただく」のは私になるので、楽しいのも私に聞こえる。言われた相手は「おまえが楽しくてもな」とむっとなるだろう。

　こういった難しさを避けるために、最後に、「思います」とか「存じます」を加えると曖昧にできるかもしれない、と思います。

2005年10月16日（日）

入試問題微妙

今年の春、関東の某有名理系大学で、拙著『工作少年の日々』が入試問題（国語）として出題された。もちろん、たとえ作者であっても、この種のものは事前には知らされない。したがって、許可を得るどうこうといったことはなく、また著作権にも触れないことになっている。ただし、試験後にその問題を一般公開する場合や、問題集などに載せるときには許可も必要だし、著作料も支払われる仕組みのようだ（最近、受け取った）。

問題を読んでみたが非常に難しい。四角の中に適当な言葉を入れろ、なんていわれても、この作者のことだから、意味のない語句を使ったり、わざと変な言い回しをしそうな気もして、おいそれとは選べなかったのじゃった（ほら、ここが入試に出たら正解率は最低だぞ）。

トーマが武士のような生活をしている、という文章の中で、「大奥の施しを受けている」と書いたのだが、それは具体的にどんな意味なのか、という設問もあった。書いた本人も、具体的な意味をあまり考えずに書いているので、びっくりした。どういう意味だったのか思い出せない。

漢字なんか半分も正確に書けない。代名詞が何を示しているのか、そんなことをいちいち考えていたら、文章はちっとも書けない。そういうわけだから（ほら、どういうわけかわからないぞ）、国語で良い点を取れなくても、少なくとも小説家にはなれる、ということで安心して良いと思う。

2005年10月20日（木）

いるかあるか

語尾が「いる」か「ある」か、迷うようなことはないだろうか。自分の言葉であればそんな迷いはないし、文章を書いているときも迷わない。つまり、しっかり使い分けている。ところが、人が書いた文章を読んで、それを直すようなときには、ときどき、自分とは違う方が使われていて、どうしよう、この人の文章なのだから、このままにしておくべきか、と迷う。

「壁が白く塗ってある」なのに、「壁が白く光っている」である。しかし、人がライトを当てて、「白く光らせてある」のか、「白く光らせている」のかは微妙だ。「壁が」ならば「ある」だし、「壁を」ならば「いる」だ。しかし、省いたときはどちらでも良い。

「荷物を置いている場所」か、「荷物を置いてある場所」か、どちらか？　どうニュアンスが違うだろう？　「コンピュータに記憶させていた」のか「記憶させてあった」のか、どちらか？

人によっては、あるいは地方によっては、「荷物が届いてある」が普通のところもある。僕は、「荷物が届いている」だと思う。しかし、「靴が揃えている」は変だ。「揃えてある」でなければならない。うーん、留学生はどうやって学んでいるのだろう。この法則性は？　主語や、動作を分析すると、なんとなくルールが見えそうな気もするが。

別にどちらでも、意味が通じて「いる」。通じて「ある」わけではない。

2005年10月24日（月）
「でしょう」の用法

これも、きっともう方々で書かれていると思う。
「明日は晴れでしょう」「明日は晴れましょう」は、それぞれ、「明日は晴れです」「明日は晴れます」の活用なので正しい。前者の「晴れ」は名詞。後者の「晴れ」は動詞である。ところが、近頃の天気予報を聞いていると、「明日は晴れるでしょう」と言うのだ。これは、「明日は晴れるです」の活用になるが、「晴れるです」なんて、日本人は普通使わない。つまり、変なのだ。きっと、間違っていると思う。「晴れるのでしょう」か「晴れることでしょう」ならば正しい。
「頑張れば、きっとできるでしょう」もおかしい。「できるです」が変だからだ。「できましょう」と言ってもらいたいところだが、しかし、「できますか？」ときかれたとき、自分も「まあ、できるでしょう」と使うことがある。「できましょう」とはあまり言わない。30年くらいまえは、こう言っていたのではないか。今はもう、「できるでしょう」が日本中に広がっているようだ。
「雨になるところがあるでしょう」も、本当は、「雨になるところがありましょう」が、美しい日本語だとは思う。たぶん。きっと。そう思いましょう。

2005年10月29日（土）
「でしょう」再び

メールを沢山いただいた。「でしょう」は「だろう」と同じで、推定を表す。だから、「晴れるだろう」と同じで、「晴れるでしょう」は文法として正しいのだ、というご意見が多かった。

僕の認識では、「だろう」は「だ」の活用（この表現が正しいか不明）した言葉なので、「晴れるだろう」は、「晴れるだ」の活用だと思う。だから、「晴れるだろう」もおかしい。どう言えば良いかというと、「晴れだろう」「晴れるのだろう」「晴れることだろう」のいずれかだ。

そうはいっても、自分でも、「でしょう」や「だろう」を動詞終止形のあとにつけて話しているし、書いている。文法的に間違っている（あるいは昔は間違っていた）とは思うし、違和感は感じるものの、しかし、もうこれが普通になっているように思える。きっと、学校でも今の文法では正しいと教えているのだろう。

過去形にすると変な場合もある。「美味しいです」「美味しいでしょう」はなんとかぎりぎり許せても、「美味しいでした」は許せないのでは？

2005年11月4日（金）

難しい漢字

小説を書くようになって以来、難しい漢字にだんだん慣れてきた。それまで、ほとんど自分とは無関係だった漢字が、自分の作品の中に出てくるからだ。ワープロなのでしかたがない。漢字にするか平仮名にするかは、本当に悩む。デビューした頃は、どの言葉を漢字にするか、どれを平仮名にするか、という紛らわしい言葉の一覧表を作っていたほどだ。今はそれはもう使っていない。

鬱憤（うっぷん）、鼾（いびき）、嘴（くちばし）、跨る（またがる）、辣韮（らっきょう）、なんか、変換されたとき、どきっとする。それから、ワープロで出る字よりもさらに難しい本当の字があったりするものもある。蟬（せみ）とか噓（うそ）とか摑む（つかむ）がそうだ。こういうのは、齋藤さんとか、渡邊さんなんかが詳しいと思う。

読むのは簡単だが、書くとなったら絶望的というものも多い。辛辣（しんらつ）とか、顎（あご）とか、纏う（まとう）とかである。

送り仮名も、振り仮名も、ルールは自分で決めないといけない。最初に編集担当者に、「とにかく、作家が好きにすれば良い」と教えられたので、しかたなく、自分なりのルールを模索している。

論文を書いているとき、一風変わったルールがあった。動詞を繰り返すような言葉、「繰り返す」「叩き割る」「押し上げる」「練り混ぜる」などでは、それが動詞として使われる場合の表記はこのままだが、名詞の場合は「繰返し」「叩割り」「押上げ」「練混ぜ」のように最初の送り仮名を消す。どうしてなのかは知らないが……。

2005年11月8日（火）

カタカナ表記について

森博嗣の作品の中で使われているカタカナ表記がよく巷で話題になる。「読みにくい」とか「自己中心的だ」とか。しかし、これはオリジナルではない。工学分野ではごく普通の表記であって、JIS（日本工業規格）や学会・協会でも標準にされているものだ。

特に、長音のこと。英語で最後が「er」や「or」になる単語で、カタカナにしたとき3文字以上になるものには長音をつけない、というルールがある。「センサ」とか「モニタ」とかだ。2文字以下の場合は英語でも後ろの母音にアクセントが来ることが多く、長音をつけることにしたのだろう。新聞などは、たぶん国語審議会のなにかを標準にしているから伸ばすのではないか。ようするに文系だ。

しかし、「コンピュータ」「トランジスタ」などは伸ばすことは滅多にないし、「プリンタ」も伸ばさないことが多い。これを伸ばす人がいたら、かなり古い感覚だと思える。さらに、「スリッパ」などは誰も「スリッパー」と書かない（もちろん言わないし）。というわけで、普通は、伸ばしたり伸ばさなかったり不統一である。それを統一しているだけ。伸ばさない方が実際の発音にも近い。「スーパ」とか「マイナ」とかを、「スーパァー」「マイナァー」と伸ばして言う人はお年寄りには多いが。

加えて僕の場合、子音＋ｙで終わる単語は「ィ」を用いることにしている（有名な固有名詞など、例外はあるが）。「ミステリィ」と書くのはこのルールに準拠している。一般的には、長音をつける派とつけない派が二分しているようだ。論文では長音は付けない。「エネルギー」ではなく、「エネルギ」である。しかし、分野によって異なる。

どうして「タクシー」や「デビュー」などは伸ばすのか、という質問が絶えないが、英語のスペルを思い浮かべてもらいたい。上記のルールに当てはまらないものは長音をつけている。

どちらにしても、こだわりでもなんでもない。表記など大したことではない、と考えていて、こんなことで頭を使いたくないので、単純なルールを決めているだけのことだ。

2005年11月13日（日）

漢字か平仮名か

漢字を使うかどうかの基準は、はっきりいってない。できるかぎり漢字にしていると、読めなくなるし、かといって、できるかぎり平仮名にしていると、これまた読みにくくなる。読みやすさで決めれば良いが、前後の文章などでも条件が違ってくるし、同じ語句を漢字で書いたり、平仮名で書いたりしているのも鬱陶しい（実際にはそういうものがとても多いが）。

だから自分なりに、これは漢字、これは平仮名、とだいたい決めている。接続詞はできるだけ平仮名にしている。「また」「しかし」「したがって」などだ。

しかし、かなり微妙なものもある。ほんの一例だが森博嗣のルールを紹介しよう。

時間を示す「まえ」「さき」は平仮名。しかし、位置を示す場合は「前」「先」と漢字。

手は「振る」だが、首は「ふる」と書く。前者はシェーク、後者はスウィングに近い動きなので使い分けている。

「良い」は必ず「よい」と発音する場合にしか使わない。「いい」の場合は平仮名。

「歌をうたう」「一歩あるく」のように、同じ漢字が近くで重なるときは、動詞を平仮名で。

漢字かカタカナか迷うものもある。「眼鏡」か「メガネ」とか。

あるいは、こんなこともある。
「はじめまして、僕は小鳥遊練無といいます」
「こんにちは、小鳥遊練無さんですね。どんな字を書くのでしょうか？」
漢字の書き方を知らない人がしゃべっている台詞なのに、漢字で書いても良いのだろうか。これってアンフェアじゃないか……、とか。

2005年11月18日（金）

読書感想文とネタバレ

読書感想文には、読んだ感想を書く。当たり前のことだ。しかし、本のあらすじを書く人が圧倒的に多い。どういうところが面白かったのかを書かなければわからないから、しかたがないように思えるけれど、それは、その読書感想文を読む人はその本を読んでいない人である、という前提で書かれているせいではないか。
学校の課題であれば、先生に読んでもらう。先生はその本を読んでいないだろう、と想定して書く。だから、説明的になり、ついついあらすじを書いてしまう。既読の人に向けて書くならば、「ほら、後ろの方の、主人公があの人を見てびっくりした、あそこが、良かったよねぇ」で充分通じる話なのに。
「書評」と称するものも、おおかたは未読の人を対象に書かれている。だから、あのようにあらすじを説明する内容になるのだろう。なかには、自分はこれを読んだ、という事実を証明したいだけなのでは、と思えるほど、長々とあらすじが書かれているものもある。大半は明らかなネタバレだ。

あらすじを知ってから、本を読んでみようという人がいるのだろう、たぶん。僕は、そういうことは絶対にないので、つまり書評は無縁である。人からすすめられて本を読むことはまずない。すすめられるほど読みたくなくなる。

ところで、「以下、ネタバレがあるので未読の人は読まないように」などと書かれたものがネットに散見されるが、明らかにナンセンスだ。何故なら、未読と既読ではなく、知りたいか知りたくないかで読まれるかどうかが決まるわけだし、未読者の大半は知りたいから、当然読むだろう。もちろん、警告をしておけば文句が出ないので、被害はないと考えているかもしれない。しかし、作者に対しては大変な失礼（あるいは妨害）に当たるわけで、その配慮がないのは非常に問題といえる。

2005年11月22日（火）

漢文

国語は大嫌いだったが、そんななかでは、漢文が好きだったし、古文もまあまあ嫌いではなかった。漢文は、まず書いてあることが面白い。それに、それを日本語にして読むと、なんとなくリズミカルで格好が良い。ようするに、漢文とはいっても、古い日本語の言い回しが面白いわけである。なにしろ、音読みにして中国の発音を習うことは一度もなかったのだから。

漢文を読んでいると、やはり文学とは詩なのだな、と感じる。中国では明らかに詩が文学の最高峰だったのではないか。詩が詠める才能が高く評価されていたことは確かだ。それに比べると、物語を作ることなんて誰にでもできる。文字が書ければ、それを記述することも容易い。このあたりが「小説」が「小」なる所以だろう。

これは、日本でも昔は同様で、男子たるものが書く文章といえば、それは漢文であり、嗜みで詠うべきものは歌であった。物語など、書くほどのものではない。婦女子が趣味でこっそり書くもの、楽器とともに語る芸のひとつくらい、の感じだったみたいだ。芸自体が、卑しいものと考えられていたかもしれない。

現在の日本語の文章は、話し言葉とほとんど一致していて、本当に誰にでも書ける。日本語ほど小説が書きやすい言語はないのではないだろうか（比較対象は英語のみなのでわからないが）。「日本語は難しい」なんて聞くが、とんでもない。英語で小説を書ける才能は、英語がネイティブでも滅多にいない。たぶん、日本の方が100倍は作家になりやすいだろう。

2005年11月26日（土）

重複

これも何度も書いている。誰もが使うので、話し言葉ならば、ほとんど違和感がなくなってしまった。しかし、文章に書くと明らかな重複で、少し恥ずかしい思いをすることになるから、気をつけた方が良いだろう。

多いのは、「まだ未定です」とか、「まだ未完成です」だ。これは本当に多い。テレビのアナウンサでも使っているのを何度も聞いた。「あらかじめ予約する」とか、「あらかじめ予定に入れておく」など。同様のものでは、「あらためて改善する」などがある。「あらたな新作」くらい変だが。

書いた文章でも散見されるものに、「古来より」と「従来より」がある。もう、これが普通か、と思えるほど、沢山の人が間違えている。「古来より伝わる」などが間違った使用例。「従来から存在した」のように「から」をつけるのも重複になる。

「もっとも最重要な問題」とか、「ふたたび再現した」とか、「最後の結末」とか。

「今、書き下ろしを執筆中です」というのも、変だと思うが、「書き下ろしています」も大根をすっているみたいで気持ち悪い。

2005年11月30日(水)

差別用語

これは難しい問題で、あまり深くは考えたことはない。「差別用語」の定義さえ知らない。もしかして、国語じゃなくて社会か。

ただ、差別をしようという意識がなくても、使うだけで非難するのはどうかと思う。明るくやんわりと注意する、あるいはお願いする、くらいではどうなのか。目くじらを立てて、がなり立てるから話が捻れることもあるだろう。

差別が言葉によって根づくことは、ある程度はあると思うけれど、だからといって、その言葉を無差別に消し去ってしまうことには、僕は反対である。

人によっては、夫のことを「主人」や「旦那」と言うことに抵抗があるだろう。夫のことをそう呼んでいる人は、しかし、ご主人様や旦那様という本来のイメージを夫に対して持っているわけではない。既に、語源がどうであったか、というレベルの問題である。僕は、スバル氏のことを「家内」とか「女房」と書くことに抵抗があって、だいたい「奥様」と書いているが、これは単に実態というか、気持ちの問題だ。しかし、目上の人に紹介するときは、「家内です」と言う。目下の人に話すときは、「僕の奥さん」とわざと言っている。

「子供」という漢字に不快感を示す人もいるし、小説を書いていると、「ジプシィ」や「エスキモ」などは、必ず校閲でチェックされる。しかし、ある時期には、その用語は普通に（当然ながら差別の意識などなく、それどころか愛着や憧れさえ抱いて）使われていた。「藪睨み」もチェックされる。それによって不利益を被る人がいるのだから、という言い分はたしかにあるだろう。そうなると、近い将来、「女」だって使えなくなる日が来るかもしれない。

テレビでは「美人○○」なんて抵抗なく使っているけれど、差別用語を気にするマスコミなのに不思議である。差別用語と決められた言葉さえ使わなければＯＫだという感覚なのだろうか。それよりも、差別意識の有無こそが問題ではないのか。

たとえば最近では、看護婦ではなく、看護師というようになった。それは正しい呼称だと思う。しかし、教科書ではなく小説の中で、病院の待合室にいるおじいさんが、「あ、ちょっと、そこの看護師さん」なんて口にしたら、それは変だ。それだけで、もう僕は読みたくなくなる。

差別用語の是非、あるいは、正式な名称はともかく、その時代、その人物、その場面によって、相応しい言葉が使えないことは、素直に理不尽だと思えるし、人類にとって著しい不利益である。

2005年12月4日（日）

誤解されやすい表現

文章の中に文章が入る、という構文は日常でも頻繁に現れる。「私は本を読んだ」の、目的語である本が、「彼女が好きな本」「彼女が買ってきた本」のように別の文章で説明される場合、これを一つの文章に表すと、「私は彼女が好きな本を読んだ」「私は彼女が買ってきた本を読んだ」となる。ところが、「彼女が好きだから買ってきた本」となると、「私は彼女が好きだから買ってきた本を読んだ」になってしまい、本を買ってきたのは、彼女なのか私なのかわからなくなる。

学術論文では、このような誤解をなくすため、ほとんどの主語のあとに「、」を挿入する習慣があって、「私は、彼女が好きなので買ってきた本を読んだ」と書く、「私は彼女が好きなので、買ってきた本を読んだ」と誤読しないためである。

「遊びにきた友人と彼女の写真を見た」と書いたとき、遊びにきたのは友人だけなのか、写真に写っているのは、彼女だけなのかが不明である。

話しているときは、アクセントや区切り方でなんとなく伝わってしまう。文章の場合は、順番を入れ替えることで、ある程度誤解を防げる。

しかし、「彼女と遊びにきた友人の写真を見た」でも「彼女が好きだから買ってきた本を私は読んだ」でも誤解は消えない。2つの文章にするか、関係代名詞のように( )と使う方がわかりやすい。

わかりやすい文章を書くことは、小説ではあまり必要がないが、仕事では重要であり、重宝される才能といえる。しかし、わかりやすい文章と、誤解のない文章は、一般に一致しない。誤解を避けることで、よりわかりにくくなることが多い。

2005年12月8日(木)

間違いの多い熟語

これまた方々で指摘されていることなので、知っている人は「またか」と思うだろう。

でも、何度も何度も出てくるのは、やはりまだまだ知らない人がいて、あちらこちらで誤解が広がっているから、ともいえる。

たとえば、「危機一髪」は、髪の毛1本くらいのほんの僅かなところまで危険が迫っていることを示している。でも、これを「一発」と書いてしまった映画のポスタの誤植が発端で、誤用が広がってしまった。なんだか、拳銃か、爆弾が一発放たれた感じなのだろうか。ちなみに、ピンチを切り抜けた、という意味はない。

「絶体絶命」もよく取り上げられる。これは、「絶対」と書いてしまう間違い。つまり、絶対に命が絶たれる、ということで意味的にも不自然さがないためだろう。身体も絶たれ、命も絶たれる、という意味である。

「興味津々」などはあまりにも有名になりすぎた。「津々」とは、どんどん湧き出る様子のこと。これを「深々」と書く人がいて、明らかに「興味深い」という言葉と混乱している。ちなみに、

「深々」は、ひっそりと静かな様子で、「雪が深々と降る」は、積雪が深いという意味ではない。

「一所懸命」というのが本来の熟語で、一つの場所で命を懸けることだが、転じて、必死になることという意味になった。これが「一生」と書かれることが多くなり、今は一応どちらも辞書に載っているけれど、僕が子供の頃は、「一生懸命」は誤用と教えられた。

ずっと言われ続けてきたこれらの間違いやすいフレーズだが、この頃は、ワープロの辞書がインテリジェントになったおかげで、文章には現れる機会は減ったようだ。ただ、書いている本人はそれを認識していないため、手で文字を書いたりするととたんに間違えるだろう。

2005年12月12日（月）

筆順

文字には筆順がある。書いたあとは同じ形になるのだから、どんな筆順で書こうが個人の勝手ではないか、と思うのだが、ちゃんと正しい順番が決められている。「女」なんか人によって違う順番で書かれることが多いのではないか。

間違っていると知っていても、自分なりの書き方を貫く人も多い。僕の場合、のぎへんの最初の「ノ」を左から右へ書く。つまり「一」と同じ。オリジナリティを追求しているわけではないが、すべてこれで書いている。具体的に説明すると、最初に「二」を書いてから「干」にして、そこに「八」を加える。

数字の「０」も小学生のときは、下から右回りで書いていた。

中学でもそうだったかもしれない。こうする方が、6と間違えない、と自分では納得していた。しかし、連なった0を大人が書くとき、上をつなげるのを見るたびに、僕がやると下がつながるな、と思った。メガネを上下反対にかけたみたいに。いつの間にか、上から左回りで書くようになっていた。やっぱり、大人になったのだろうか。

「右」と「左」の「ナ」の部分の書き順が逆なのは有名だが、どうしてなのだろう？　そもそもこの「ナ」は部位ではないのか？それから、どうして「左右」というように、左を前にするのだろう、とか疑問は多い。(注：もちろん、全部知って書いているので、メールや掲示板に答を書かないように)

筆順なんかどうだって良いのに、とずっと思っていたが、文字認識を機械にさせるときには、かなり重要なファクタになるので、この頃では侮れなかったりする。

2005年12月17日（土）

朗読

朗読が上手な人がいる。そういうのを聴くのは好きだ。自著が、図書館などで朗読テープになることがたびたびあって、テープを送ってもらえる機会も多い。1冊がテープ10巻くらいになる。全部を聴くことはちょっと大変だが。

アメリカなんかでは、オーディオブックがけっこう出回っているそうで、たぶん、車を長時間運転する機会が多いことや、文字が読めない人が多いことが関係しているのだろう。日本では普及する気配はない。講談社がやりたいというので、契約書の文面まで何度も打合せをしたが、先日、突然「やめることになりました」という連絡があった。

日本の場合、読書が好きな人間は、朗読するような速度の何倍ものスピードで読んでいるから、時間がかかることを嫌うだろう。

僕は、だいたい朗読するくらいの速度でしか本を読まない。書くスピードと読むスピードはほぼ同じである。速読する価値をまったく感じない。早く読めば、イメージが広がる時間が不足する、と考えている。だから、朗読が好きなのだと思う。

ところが、自分では朗読ができない。読んで言葉を口することが、頭のイメージを組み立てる邪魔になるからだ。朗読すると、テキストの文字の並びしか見えなくなる。

国語が嫌いになった理由のひとつは、小学校で、立って本を読まされることにあった、と今は考えている。なんで、あんなことをさせるのだろう？　正しく朗読できることと、内容を読解することは、明らかに別だ。ただし、例外として詩がある、詩は朗読しないとわからないものがたしかにあるようだ。

2005年12月21日（水）

門出とはなむけ

大人になると、人前で挨拶をしなければならない機会が巡ってくる。嫌なものである。

おめでたい席などでは、いろいろ「しきたり」なるものがあったり、「縁起をかつぐ」といった裏技もある。最近、あまり気にしない人が増えてきたし、なにを話しても誰も真剣に聞いていないから良いではないか、とも思える。

適当に世間話でもして、「ということを、ひと言申し上げまして、ご挨拶の言葉に代えさせていただきます」と締めくくれば、拍手になってお終い。これで良い。ちゃんとした挨拶をしたあとで、「挨拶の言葉に代えさせていただく」では変だ。挨拶の言葉以外のものでなければ代えられないと思う。

「若い二人の門出を祝して」と使うときの「門出」とは、もともとは出陣のときに門を出る場合のことから、旅に出ていく人にエールをおくる場合に適している。結婚したら、家を出ていくからOKか。

「はなむけ」というのも、門出と同じで、もともとは馬の「鼻向け」、つまり旅立つ人間を見送る場合に使う。漢字では「餞別」の「餞」の字が「はなむけ」と読む。

新入社員や新入生に対して、「門出」は使えなくもない。新生活は、彼らにとって「人生の門出」だと解釈できる。しかし、「はなむけ」は、去っていく人を見送るための言葉なので、卒業式や歓送会で使う。迎える側の人が使うのは間違い。

2005年12月25日（日）

文法

中学のとき、「現国」のほかに「文法」という授業があった。これは、なかなか面白かった。つまり、ルールが明確であり、それを覚えると、いろいろ応用ができる点が国語としては目新しかった。ちなみに、国語の授業はこのほかに、「古文」と「漢文」があった。国語の先生は４人いたわけだ。

動詞の活用などが、非常に愉快だった。自分はそんなルールを知らずに使っていた。知らず知らずにルールが出来ている、という点が不思議なのだ。最初にルールが決められたわけではないはずなのに、面白い現象だと思った。

しかし、一度文法を知ると、文法的におかしい文が気になってくる。人が話している言葉は文法的におかしいことがとても多い。

文法を学ぶことは、文章の客観的評価には不可欠である。客観的であれば、つまりより多くの人に正確な伝達が可能だ、ということのほかに、他の言語への翻訳も容易くなり、やはり、伝達範囲を広げる効果がある。

もう少し早く教えてくれたら良かったのに、と当時の僕は感じた。

2005年12月30日（金）

白馬は馬にあらず

明らかに同じ集合に属するものでも、そうではないという認識をすることが多い。たとえば、「人」といった場合には、一般に自分が含まれない。漢字で「他人」と書いて「ひと」と読ませる場合もある。「人の言うことをきけ」とか「人を頼ってはいけない」とか。また、「人間」を使う場合にも、人類の平均的な状態を意味することが多い。「もっと人間らしくなれないのか」とか「人間性が疑われる」とか。人間性も人間味も、自分らしさや個性とは別ものらしい。

数学的にいえば、社長は社員の一人だが、一般には含まれない。

大卒は高卒でもあるが、一般にはそうは認識されない。蛍光灯は電灯ではない。CDはレコードではない。黄緑も深緑も緑の一種だと思っている人と、全然別の色だと主張する人がいる。歌合戦の女性陣は赤組ではなく紅組だが、誰も「べにぐみ」とは言わない。

この頃では、パソコンのことを計算機というと笑われる。ケータイといえば、携帯裁縫セットや携帯歯磨きセットは含まれない。日常的に使っているドアでも非常口になれる。買ってきてすぐに食べられないものの方がインスタントである。普通の仕事よりもゲームの方がたいがい複雑で難しい。部屋に引き籠もってもネットをしていればグローバルだ。煙を吸っただけなのに煙草を吸ったと叱られる。真珠は、宝石でも貴金属でもないように思われる。自衛隊は軍隊ではない。元旦に雪が降っても初雪を観測したとは言わない。懐がなくても懐中時計を持てる。明らかに懐には仕舞えない大きな懐中電灯もある。ボタンを押して動く電動のドアは、手動ドアか自動ドアか？　では、自動車はどうか。オートマティックの自動車って言葉が重複していないか。

汽車とは、蒸気機関車が客車を牽引する列車を示すが、電車は、電気機関車が客車を牽引する列車を示さない。脱線が多い話よりも、最初に1回脱線したまま本題に戻らない話の方が実害が多い。ホームレスの多くは段ボールのホームを持っている。彼らはアドレスレスなのでは？

MORI LOG ACADEMY 1

算数

2005年10月4日（火）

数字は役に立つ

算数や数学の知識が日頃役に立つことは稀である。しかし、自分でものを作ると、たちまち数字を使い、計算せざるをえなくなるだろう。たとえば、ピタゴラスの定理などは寸法を割り出すときに頻繁に使うわけで、このときには、どうしても平方根を求めなければならない。電卓があれば簡単だが、ないときは、筆算でルートを開くか、あるいは、かけ算を繰り返して見当をつけるか、いずれかである。実物大の図面が引ける場合は簡単だが、縮小した図面しかないときには、乗算と除算は避けられない。少し複雑なものを設計する際には、方程式も必要になるだろう。

ものごとの予測にも計算が基本となる。今日した仕事を振り返り、１週間後にはどこまでできるかを想像する。それを３日で片づけるためには、どうすれば良いかを考えることができる。計算とは、つまり未来予測、そして事前対処の能力といえる。

あるいは、手もとに現物がないものを、数字によって把握することができる。現物を持ってきて突き合わせなくても、わざわざ出向かなくても、いろいろ比べて対処ができる。

このように幾何学は設計にはかなり重要だ。これは古来変わらない。また代数も、微積分などは、会社の勢いの把握で、前年度比などを意識する場合に登場する。確率も実生活で重要で、変なものに手を出して損をしないための基礎知識といえる。まあ、どうも役に立ちにくいのは、複素数くらいではないだろうか。

ところで、計算能力はまったく別物で、小学校低学年の算数は単に頭のトレーニングをしているにすぎない。応用問題というものが登場して、ようやく算数が本領となる。つまり、現実の問題を数式に置き換える、という抽象化こそが重要だ。すっかり抽象化した世界の数学は、数学者に任せておいても良いだろう。

算数の視点とは、結局、そのような抽象化の力、現実の把握能力の起点に等しい。

2005年10月9日（日）

計算しない症候群

なかなか仕事が進まないとき、「こんなペースじゃあ一生かかってもできない」とか、「こんなことしてたら一晩かかるぞ」といった愚痴が聞かれるが、それを聞くたびに、瞬時に計算をして、「いや、一生はかからない」とか、「このペースなら午前3時頃には終わる」と言ってくれるロボットがいたら和むだろうか、ますます険悪なムードになるかもしれない。

よく計算するのは人間の一生。だいたい3万日くらいだ。この数字は、たいして多くはない。たとえば、毎日10円を貯金しても、30万円だ。3000万円の金があれば、毎日1000円使える。このように同じ数を足す行為は変化に乏しい。当たり前か。

同じ数を繰り返してかける場合は、もう少し劇的に変化する。たとえば、前日の2倍の貯金を毎日していく。つまり、1円、2円、4円、8円……と。すると、1カ月で1億円を超える。1年も続かない（世界中の金を集めることになるだろう）。人に金を貸すだけで銀行や大きな会社が成り立っているのは、このメカニズムだ。

ちょっと計算すれば、結果がだいたい予測できるのに、それをしない人たちが多いように見受けられる。わずかな計算さえすれば、大損をしないで済むことが多い。「そんな計算どおりに世の中はいかないから」なんてわけのわからないことを言う。計算どおりいかないのは、ちゃんと計算しないからだ。

2005年10月14日（金）

ツルカメ算

ツルカメ算というものがある。連立2元方程式を解くための手法だ。ご存じの方が多いとは思うが念のために解説すると、たとえば、「ツルとカメが合わせて10匹いる。足の数は全部で28本あった。さて何匹ずついるか？」という問題である。

X＋Y＝10と、2X＋4Y＝28の2式から連立方程式を解くわけだが、こういった代数を使わないで考える。「もしツルの足も4本だったとする。すると、ツルとカメは同じく4本足なので、10匹いれば足は40本あるはずだ。しかし実際には28本。そこで、1羽のツルを2本足に戻すと、2本だけ足が減る。差は40－28＝12なので、12÷2＝6で、6羽のツルを2本足に戻せば数が合う。だから残りの4匹がカメである」というわけだ。

この「ツルも4本足だとする」とか、「ツルの足を2本に戻すと」といったあたりが、シュールで恐ろしく、算術はほとんどホラーだ。これは冗談ではなく、論理とはこのような恐ろしさを本来持っている。

現実問題として、ツルとカメを合わせて数えることはない。普通はツルを数えて、カメを数える、というように最初から分けて認識するだろう（ツルは羽だし、カメは頭で数える）。また、足の数を見境なく数えるのも極めて不自然である。

しかし、たとえば、こんな場合に利用できる。「明日の誕生日パーティに7人の友達が来る。みんなのために果物を買いにいった。お母さんがくれたのは500円。お店へ着くと、リンゴは80円、ミカンは60円だった。リンゴを7つ買うと560円なので足りない、ミカンを7つ買うと420円なので余ってしまう。いくつずつ買ったらぴったりになるだろう？」

もっとも、賢い子ならば、翌日取り合いの喧嘩になるかもしれないので、友達用にはミカンを7つ買って、残りで自分のためにリンゴを1つ買うだろう。こういった優れた解は、方程式でもツルカメ算でも出てこないことがままある。

2005年10月18日（火）

1／2と1／3

横幅と高さをかけて四角形の面積を求めるが、これと比べると、三角形の面積は1／2という係数がかかる。これは何故か。まあ、絵を描いてみれば、すぐにわかるだろう。わからない人はこのあとは読まなくて良い。

では、円柱や四角柱は、底面と高さをかけて体積を求めるが、それと比べると、円錐や四角錐は、どうして1／3という係数がかかるのか。これはちょっと考えても、感覚的に理解が難しいと思う。この1／3というのはどこから来るのか？　この時点で、円柱とか円錐といった立体が頭に思い浮かばない人は諦めてほしい。

恥じることではない、語学と同じだ。

積分というものを習う。微分の反対である。代数の中でも比較的新しい発明で、つい数百年まえに考え出された手法と聞いている（たしか、ニュートンとかラグランジュとか）。X^2（Xの２乗）を微分すると、２Xになる。逆に、２Xを積分すると、X^2になる。思い出されただろうか。つまり、Xの積分は、1／2・X^2なのだ。同様に、X^2を積分すると1／3・X^3になる。これらが、三角形や円錐に現れる係数だ。

ということは、ある体積のものが、時間とともに線形に小さくなる場合、トータル体積（４次元の容量）は、最初の体積に時間をかけ、係数1／4をかけたものになる、と類推できる。４次元に存在する物体が、５次元方向に線形に変化すれば……。頭脳が引いてしまった人は諦めてほしい。

2005年10月22日（土）

単位

計算には不要のものなのに、実際の場合、数にはおおかた単位が付属している。数が単体で意味をなすもの（単位がないもの）は、非常に少ない。単位は、数えたものが何であるかという情報を少しでも残しておくという意味合いなのだろう。それ以外に、桁を示すという重要な役目もあって、これは間違えるととんでもない大きなミスにつながる。ヘクタールなのか、平方キロメートルなのか、違いはとても大きい。

算数の場合は、式には単位を入れない。一度抽象化して数だけで計算をする。答が出てから、最後に単位を添える。単位を付けるのを忘れると、その数が意味をなさない。これを付け忘れたり、単位を間違えたとき、減点はあるものの、部分点がもらえたりするけれど、しかし工学においては、単位がないものや間違っているものは、致命的なので、0点が順当である。計算間違いよりも結果的に大きなミスにつながる恐れだってある。

横幅を測ったら5m、奥行きは10mあった。面積は50m^{2}だと計算できる。人が整列しているとき、横に数えると5人、縦に数えたら10人。長さと同じように、5×10＝50と計算するのに、答の単位が「人」のままである。どうして「人^2」にならないのだろう？（考えてみましょう）

2005年10月26日（水）

90度

直角のことを「90度」という。なんでこんな半端な数なのか、というのが、これを教えてもらった最初の印象だったはず。

ようするに、360度の4分の1なのであって、では何故、360度なのか、といえば、やはり、できるだけ沢山の数で均等に割れる、という数字を選んだのだろう。12進法の系列だ。

でも、既に7では割り切れない。正七角形とかは困る。飛行機にも星形7気筒エンジンがあるけれど、あれの設計図を書くときは困るだろう。

壁が床と直角なのは何故か？　それは、家具が直方体だからだ、という本末転倒な答ではない。重力を支えるための力学的な理由である。では、壁と壁の角度は何故直角なのか？　部屋の形は四角形である必要はない。上から見たとき、三角形でも、六角形でも、あるいは円形でも良い。円形は、曲面の壁を作りにくいし、隣の部屋との隙間の処理が問題になるが、正三角形や正六角形ならば、その心配もない。三角形だと、部屋の隅が鋭角で使いにくい、と考えるかもしれないが、家具もすべて正三角形にしておけば、ぴったりと収まるだろう。現に、蜂は、自分の家を六角形で造っている。雪も六角形。結晶などは四角のものは少ない、蜘蛛の巣だって四角ではない。

自然界には、90度は滅多に現れない。人工的な角度なのだ。人間が作るもののシンボルのような角度、それが90度である。十字を切ることが、その最たる象徴だろう。アーメン。

2005年10月31日（月）

単位再び

10月22日に書いた内容の続き。人が整列しているときに人^{2}にならないのは何故か、という問題提起をした。50通ほどメールをいただいたが、どれもあまり説得力がある解答ではなかったので、もう一度取り上げたい。

「生きているものなので」といった文系的な解答や、なかには、「解答があるのですか？」といった疑問もあった。解答はもちろんある。そんな曖昧なものではない。

前から見て、5人が横に並んでいる。横に回って見ると、10人が並んで整列している。これで、5×10＝50という計算をする。

これは50人いるだろう、という推論だ。どうして推論かというと、5人の後ろにすべて10人いるだろう、という仮定をしている。本当にそうなのか、ということを調べるためには、上空から見なければならない。これはこの世が3次元だからだ。

前から見たら1人だった。横に回って見ても1人だった。上から見ても1人だった。ここで、初めて1人の存在が確定できる。

しかし、今回は面積と同じように人数を数えている。したがって行と列だけに限って、つまり2次元で話をしよう。前から見て1人、横から見ても1人。だから1×1＝1で1人の存在が確認できる。

では、前から見たら5人だったが、横に回ってみたら0人だった、という場合はどうか。

人間ではなく、ぺしゃんこの板に描かれた人間の絵か写真が5つ並んでいたのである。この場合、5×0＝0で、人間が1人もいないという計算になる。

つまり、このような数え方をしているとき、1人、あるいは1個というのは、既に2乗になったうえでの単位と考えることができ、前から見たときに「1人いるらしい」という認識の単位は、「人の2乗根（√人）」つまり、「人$^{1/2}$」という単位でしかない。

面積を把握しようとしているとき、長さを測っているのと同じである。矛盾はない。

2005年11月5日（土）

0の計算

小学生の場合、まだマイナスが出てこない。だから、マイナスの数で割ったり、マイナス乗にしたり、という考えにくい計算は出てこないが、しかし、それでも0という数字は、かなりやっかいな代物ではないだろうか。

それが「ない」のに、0と「数える」ことがまず不思議なのである。たとえば、こんな問題があったとする。500gの重さのものが0個あったら、合計で重さはいくつ？

はて……、1個もないのに、どうして重さが量れたのか。そうか、まえの日にはあったのだな、と。つまり、ないわけではない。ちゃんと存在していて、みんながよく知っているものだけれど、たまたま今ここにないのだな、と。そういうわけで、0をかけることに対しては、なんとかぎりぎり自分なりのイメージを持つことができる。

どんな数字であれ、0をかければ、答は0になる。つまり、任意の数字nに対して、$n \times 0 = 0$が成り立つ。

次なる壁は、0のわり算である。0でわる、というのは、いったいどういう場合なのか？

答をさきに書けば、0以外の任意の数字nを0でわると、答は∞（無限大）である。$n \div 0 = \infty$。ようするに、もの凄く大きな数だと思えば良い。お金が50円ある。1日に5円使えば、$50 \div 5 = 10$で、10日でなくなる。1日に0円使えば、$50 \div 0 = \infty$で、無限大日後になくなる（いつまで経ってもなくならない）。

では、0を0で割るとどうなるか？　$0 \div 0 = ?$　同じ数なのだから、答は1だろう、という憶測ももっともらしい。いや、どんな数でも0で割れば答は無限大だ、という気持ちもわからないではない。しかし、答えは、「不定」である。不定というのは、「どんな数でも良い」ということだから、1でも、∞でも、0でも、2でも、100でも良い。テストの場合、どれを書いても正解、という意味ではなく、不定と書かなければならない。最初のn×0＝0から、左辺の0を右辺へ移項した、n＝0÷0が、任意のnについて成立すると考えるとこうなる。

しかし、これはなかなか考えにくいシチュエーションだ。それが適用できる具体的な例がなかなかイメージしづらい。算数がどんどん現実から離れていくその入口といえる。

2005年11月9日（水）

行列

現在のカリキュラムではどうなのか知らないが、行列（マトリクス）はたしか中学で習った。2×2のものだけだったように思う。しかし、このマトリクスなるものが、いったい何に利用できるのか、まったくわからなかった。もし、工学部や理学部へ進まなかったら、一生わからないままになっていた可能性が高い。ベクトルも同様だし、さらには、テンソルなんかもマイナだ。

大学生になって、線形代数を習っても、まだ何に使うものかわからない。単に、数字をこねくり回しているだけの印象だ。しかし、大学院に上がって自分の研究に利用するようになると、とたんに、視界が開ける。「ああ、なるほど、これがマトリクスか」と、あるとき感じた。

どう感じたのかというと……。マトリクスを、地球人の僕たちは、複数の数字が並んだセットとしてしか認識できない。しかし、思考回路が異なる高等生命体であれば、このマトリクスを1つの数字として扱うだろう。そういうふうに発想したとき、マトリクスの存在理由がわかった。

ちなみに、マトリクスとは「子宮」という意味だ。映画で有名になったかと思う。なにかの材料に、他の材料を少量添加するとき、もとの材料のことを「母材」と呼ぶが、これも、matrix materialの訳語だ。古くは「マトリックス」と表記した。今でも「ッ」が入っているものは多いが、少々レトロな語感である。アルファベットの「X」を「エクス」ではなく「エックス」にした後遺症であろう。

2005年11月11日（金）

確率

数学の中では、幾何が好きだったし得意だった。それから、確率も好きだ。どうしてかというと、計算が楽だから。論理さえ思いつけば、数字の計算がそれほどややこしくない。式をそんなに長く書かなくても良い、という点が好ましい。式を展開しているうちに、うっかり計算ミスをすることがあって、そういう正確さが苦手だったので、できるだけミスの機会が少ない方が良い、という意味だ。

確率や組合せの問題は、それを解いたときに、答が正しいかどうか、という判断が難しい。何故なら、考え方が間違っているかどうか、ということが、答の数ではチェックできないからだ。検算をしても、その論理の筋道が間違っていれば意味がない。そのあたりが、逆に醍醐味である。

１列に1000人の行列が1000列。前後左右に１ｍずつ離れて、きちんと100万人の人間が整列している。その一番端の角にいる人から、距離にして1km以内にいる人数はおよそ何人か？

円の面積を求めるときは、半径を2乗するが、この場合は人数を2乗することになるか……。

2005年11月16日（水）

背理法

Aであることを証明するために、「もしAでないならば」と仮定し、その結果もたらされる明らかな矛盾を示す。「したがって、最初の仮定が間違っている」と証明する手法。

有名なものを2つ紹介する。まず、「素数は無限に存在する」の証明。

もし、素数が無限に存在しない、つまり有限だと仮定すると、素数の中で最大の数があることになる。この数をPとする。今、P以下の素数すべてを乗じた数をMとして、これに1を加えたM＋1という数を考えると、この数は、いずれの素数で割っても1余り、割り切れない。ということは、この数を割り切ることができるPよりも大きい素数が存在するか、あるいはそれが存在しないならば、M＋1が素数であるか、のいずれかになるが、これはPが素数の最大値であることと矛盾する。したがって、素数は無限に存在する。

「$\sqrt{2}$は有理数ではない」の証明。

有理数とは、分数で示すことができる数のことなので、もし$\sqrt{2}$が有理数ならば、$\sqrt{2}$ = a ／ bと書ける。この場合、a、bはともに公約数を持たない整数である。この式の両辺を2乗すると、

$2 = a^2 / b^2$となり、$2b^2 = a^2$が成り立つ。これは、a^2が偶数であることを示している。2乗して偶数になるのは元の数aが偶数だからだ。つまり、a＝2nと書ける。これを代入すると、$2b^2 = (2n)^2 = 4n^2$となり、両辺を2で割って、$b^2 = 2n^2$が得られる。これは、b^2やbが偶数であることを示している。すなわちaもbも偶数だと証明できるが、両者が公約数を持たない整数であることと矛盾する。したがって、$\sqrt{2}$は分数で表示できない数である。

最初に背理法を教えてもらったときは「なんか狡いな」と感じた。最初に背面飛びを見たときも「それはないだろ」と思ったが、どちらも正当な手法である。

2005年11月21日（月）

比例

「この割合でいくと……」という予想をすることが日常には多い。たとえば、ある作業をしていて、2時間で50個を完成させることができた。すると8時間ではどれだけか……。計算式は、50÷2×8＝200となり、200個が完成すると予想できる。50を2で割って、1時間当たりの個数を求め、それに8時間をかける、と考えても良いし、8時間は2時間の何倍か、を求めてから、個数にその倍率をかけても良い。順序が違うが、式は同じになる。

空の月にめがけて腕をいっぱいに伸ばし、その手に持った定規で月の大きさを測ってみよう。どれくらいの大きさか？

腕の長さが人によって違うが、だいたい4～5mmくらいに見えるだろう。意外に小さいものである。5円玉の穴くらいの大きさ、とよくいわれる。5円玉を手に持って、腕を伸ばしてみると、月も太陽もだいたい穴にちょうど入る。夕方の太陽とか満月とかが異様に大きく感じられることがあるけれど、客観的に測定すれば、これくらいの大きさである。

ところで、月は地球の4分の1の大きさだ。地球が直径1万2000kmくらいなので、月は3000kmくらい。この数字から、月までの距離を概算すると、3000000（月の直径）÷0.004（5円玉の穴の直径）×0.5（腕の長さ）＝375000000となって、だいたい37万kmくらいだとわかる。

2005年11月25日（金）

2乗や3乗

普段、身の回りのもので、2乗、3乗しなければならない数は滅多にない。経理や家計簿などにも出てこないだろう。例外的に、正方形や円の面積、あるいは立方体や球の体積を求める場合に用いられるけれど、しかし、正方形や円の面積や立方体や球の体積を普段求める機会などまずない。たとえば、正方形の壁に色を塗る、立方体の水槽に水を入れる、といった場合に計算が必要だが、しかし、普通の人は計算なんかせずに、いきなり塗ったり、水を入れる。理系の人間だったら、計算するかもしれないが。

ところが、2乗に比例している物理現象は、意外に沢山ある。だから、機械や建築の設計をしようとすると、数を2乗、あるいは3乗することは珍しくない。

照度は距離の2乗に反比例しているから、スタンドを倍の距離へ離すと、明るさは４分の１になる。遠心力は速度の２乗に比例しているから、スピードが２倍になると、４倍の力が作用する。鉄板を２枚重ねても、曲げの強度は２倍になるだけだが、２枚を接着して厚みが２倍の板にすると、曲げ強度は３乗の８倍になる。

４乗になると、かなり珍しくなるし、５乗はもう滅多にない。

2005年11月29日（火）

方程式

連立方程式、微分方程式など、専門的なことはともかく、この「方程式」というのは、かなり一般の方が使う言葉だと思う。なんとなく、難しいもの、という印象を与えるものの、でもちゃんと答を割り出すために努力をしている、あるいは精密さを強調したい、というニュアンスだろうか。

方程式というのは、equationの訳語で、等式のこと。一般に、未知数を含んだ関係式を示すようだ。未知なものが存在するのに、ある関係が成立することが既知である、という条件である。その関係から、未知数がいくつかを割り出す。こういった例は、実現象でも非常に多い。というのも、たいていの場合、観察されるものは、「関係」なのである。未知なるものの実体が直に明らかになる例は少ない。

身近な例を挙げれば、人間関係がそうだ。ある人と自分との関係、あるいは、その人とその他複数の人々との関係を観察することができる。それらの連立方程式から、その本人の人間性なり、性格なりがだんだんと掴めてくる。本人をいくら観察しても性格を直に見ることはできない。もちろん、すべての人間関係は、一対一の方程式ではない。多元である。だから、そうそう簡単には解を見極められないだろう。

ミステリィでも、方程式のように犯人を割り出す、といった表現がときどき使われるようだ。しかし、今のところ、方程式のように明解で論理的な推理に出会ったことは一度もない（当然ながら自作も含めて）。やはり、数のようにはいかないようである。

2005年12月5日（月）

おつり

日本人は、おつりの計算で引き算を使うが、外国人は普通、足し算しかしない。だから、8ドルのものを買って10ドルを出すと、レジの人は、品物を示して「8ドル」とまず言い、そこに1ドルを加えて「9ドル」、もう1ドルを加えて「10ドル」と言う。つまり、「お前の出した10ドルと同じ価値のものを私も出した」という意味。

この頃は、消費税も加わって、値段が端数になることが多い。3065円の買いものをしたとき、紙幣は5000円札しかないが、小銭ならばいくらかありそうだ、となると、5000円札をまず出して、「ちょっと待って」と言いながら、端数の5円を探す、それから60円を探す。うまく見つかると、5065円を支払って、千円札を2枚おつりにもらえるので、なんだか得した気分になる（軽量になった、というメリットはたしかにある）。5円がないときは、なんとか70円を見つけて、小銭のリターンを最小限にとどめる。なかなかスリリングだ。

ときどき失敗もある。5199円の買いものをした。まず、6000円を出して、それから小銭を探す、おお、9円があるぞ、と一所懸命になって9円を出す。おお、90円も出せる、と喜んで出す。もう一踏ん張りしよう、と、さらに100円だってあるじゃないか、これですっきりする、とばかりに6199円をレジに出して、どうだ、僕って買いもの慣れしてるでしょう、という顔で待っていると、変な顔をされたりする。

あまり細かいことに拘っていると、全体が見えなくなる、ということか。

2005年12月9日（金）

半分の半分の半分

A地点からB地点まで行くには、まずその真ん中にあるC点を通らなければならない。C点から残りの道のりを目指すにも、そのCB間の中間点を通らなければならない。このように、無限に中間点が存在するので、いつまで経ってもB点に到着できない、というパラドクス（矛盾）が知られている。

そういうのを言葉だけで鵜呑みにして、「ああ、そうなんだ」と信じる人もいるだろう。もちろん、これは数学的にもちゃんと解決している問題である。

さて、100m離れた場所へ、最初の1歩で50m（凄い1歩だが）進む。次の1歩で25m進む、3歩めは12.5m進む、4歩めは6.25m、というように1歩が前回の半分になっていくとする。これを繰り返して100歩進むとどれくらいゴールに近づけるだろう？

これは2の100乗がどのくらいの大きさの数なのか、と考えれば良い。答は、だいたい10の30乗くらいである。というのは、2を10乗すると1024で、おおよそ10の3乗（＝1000）になる。100乗は10乗を10回繰り返すことだから、10の3乗を10回繰り返す数字になるわけだ。

10の30乗というのは、10000……と0が30個並ぶ数字のことである。どれくらい大きいか、というと、たとえばmmの単位をつけて長さにすると、mにして3個、kmにして3個だけ0が減るだけ、あと24個も0が残っている。kmより大きい単位は……。

地球1周は4万kmなので、これを10の30乗で割ってみよう。万で4つ、kmで3つ、mで3つ0が減る。だから4mmを10の20乗で割れば良い。ミクロンやオングストロームにしてもまだ10個以上0が残っていて、もう単位がない。そんな大きさはない、というくらい小さくなってしまう。

光が1年かかって到達する距離は、30万km×60×60×24×365＝946080000万kmで、これが1光年。約10の13乗kmである。mにすると16乗、mmにすると19乗……。これでもまだ30乗にはならない。

つまり、100億光年のかなたであっても、わずか100歩で、もう0.1mmほどになってしまうわけだ。

100mであれば、最初10歩で歩幅が10cmになる。次の10歩で0.1mmになる。まだあと80歩もあるが、既にほとんど進めないし、工学的には到着していると見なせる。

2005年12月13日（火）

数列

数が１列に並んでいて、なんらかの法則性をもっているものを数列と呼ぶ。たとえば、1, 3, 5, 7, 8, 10, 12と並んでいると、それは31日ある月。こういうのは、算数の問題では出ない。テレビ局のチャンネルを並べたりして地方色を出しても、それは算数というよりもクイズになる。

0, 1, 4, 9, 16, 25, 36……だと、これは、整数の２乗が並んでいる、とすぐに気がつくだろう。次は、49で、その次は64だ。

並んでいる数の差が一定だとか、その差が別の数列になっているとか、ネストになるとだんだん解読が難しくなる。そういう問題を高校のときよく解かされた。

ところで、上の数列の差を取ると、0と1の差は1、1と4の差は3、4と9の差は5、9と16の差は7、16と25の差は９、というように、差が、1, 3, 5, 7, 9……と並ぶ。これは奇数の数列である。２乗の数の差を取ると、どこまでも奇数が綺麗に並ぶ。

馬鹿馬鹿しい、そんなこと不思議でもなんでもない、という人は理系率80％。

2005年12月18日（日）

コンパス

小学校のときに初めてコンパスを買ってもらった。あれは好きだった。円を描くのが面白い。親父が建築家だったので、お下がりで各種の製図用品をもらえた。中には、幅をネジで可変にするコンパスがあって、格好良かった。長さが狂わない。

両方とも針になっているコンパスがあって、これでは円が描けないのに、と思ったら、実は長さを記憶するための道具だった。長さを移すときに使う。海図の上で動かすのも、金属工作のけがきに用いるのも、このコンパスで、もともと、こちらの役目の方が利用頻度が高かったらしい。

中学の幾何の先生が大きなコンパスを持っていて、黒板に円を描く。針は刺せないので、片方はゴム、もう片方はチョークだった。

コンパスと真っ直ぐな板があれば、正六角形や正三角形が描ける。正方形も描ける。正五角形の描き方（実は近似だが）も教えてもらった。でも、社会人になってからは、仕事でコンパスを使うことは一度もない。もちろん、コンピュータのせいである。これからの子供たちには、コンパスを教えるべきなのだろうか。

2005年12月22日（木）

魔方陣

「魔法陣」と「魔方陣」の誤植が自著にあって、これはわざと間違えたのではない。前者は、正三角形を２つ組み合わせた六角星の形で、後者は、数字が入った四角を示すときに使われているようだ。

１〜９の数字を３×３のマス目に入れて、縦横ななめのどの列で３つの数字を合計しても、すべて同じになる、となるようにしたい。どうすれば良いか。

こういったパズルは世の中に多い。手当たり次第試してみる方法でも解けるが、それでは時間がかかってしまう。いかに考える筋道を見つけるか、という思考になるが、しかし、複雑さはないので、ようは時間をかければできる場合がほとんど。

むしろ、答がない、そんな条件にはどうやってもならない、という問題を考え、それができないことを証明する方が数学的な面白さがあるだろう。できることを証明したいならば、できたものを1例でも示せば良いが、できないことを証明するのは簡単ではない。

いつも書いているが、ここでは問題を出して、答を求めるつもりは毛頭ない。

8	3	4
1	5	9
6	7	2

2005年12月26日(月)

魔方陣2

数学的に考えてみよう。その方が遅いが、確実に前進するし、汎用性があるため、同類のほかのパズルにも応用ができるだろう。

3×3のマス目の4隅にある数の合計をA、周囲のほかの4つの合計をB、中心に来る数をCと置く。1～9までの数のうち4つがAに、別の4つがBに、残りの1つがCに含まれる。また、並んだ3つの数の合計をnとする。今、縦（横でも良い）3列を合計すると、A+B+C=3nが得られる。9個の数の合計は45なので、nは15であることは自明だ。2つの斜め（×方向）を加えると、A+2C＝2n、また、垂直水平（＋方向）を加えると、B+2C=2nが得られる。後者2式を、最初の式から引くと、－3C=－nとなり、3C=15、つまりC=5が得られ、同時に、A=B=20が求められる。

さて、3つの数の合計が15ということは、3つの数のうち1つ、あるいは3つともが奇数でなくてはならない。もし周囲のどこか1列に奇数3つを並べてしまうと、中心が5であるため、反対側の3つにも奇数を入れる必要が生じ、奇数が4つしかないため足りない。したがって、周辺の4列とも奇数は1つずつとなり、この結果、4隅には、偶数が入ることがわかる。つまり、Aには、2，4，6，8、Bには1，3，7，9が入る。

大きな数に注目すると、7，8，9は、いずれも2つで、和が15以上になるため、同じ列には来ない。このことから、8がある隅とは反対側のB枠に7と9が入る。これで、すべての位置が決定する。回転したもの、対称のものがあるが、相互の位置関係は1種類しかない。

これが「論理的」という意味である。ところで、この論理は正しいか？

MORI LOG ACADEMY 1

理科

2005年10月2日（日）

植物から学ぶこと

昨年、庭園大工事をしてから、ガーデニングらしきことをするようになった。それまでは、庭にはまったく興味がなかったし、植物にも関心はなかった。花も好きではない。スバル氏も同じだった。それが、庭園鉄道を始めて庭にいる時間が増えたせいもあって、少しずつ見様見真似で楽しんでいるこの頃。スバル氏は、トーマがいなくなってから、花を植えるようになった。

雨が降っていなければ、毎日、庭に1時間以上はいる。あちこちを眺めている。すると、だんだん草木のことがわかってくる。名前は知らない。調べたこともない。植物を観察して感じたことは、やはり、同じ生物、つまり、動物に似ているな、ということ。若いときの美しさ、花を咲かせる直前の勢い、その後の安定、そしてあっけない死。いろいろなことが学べる。

小学校の理科の時間には、固有名詞ばかり覚えさせられた。そんな知識はどうだって良いと思う。たとえば、プランタの植物に肥料を与えるのは、それが弱り始めてからでは遅い、一番勢いのあるときに肥料が必要だ、ということなどは、そのまま、人間や組織に適用できる真理である。綺麗だけれど、咲いたばかりの花を切ることで、その植物がもっと成長することがある、なんてのも、役に立つ手法である。こういった「教え」は、現代では理科ではなくて社会だろうか……。しかし、もともとは、物理も化学も生物も、そこに役に立つ普遍的な真理を見つけようとした洞察と発想だった。

2005年10月7日（金）

アルコール

蒸気機関車の模型を何台か持っている。形だけ蒸気機関車で、実はモータで動く電気機関車、というものは除く。つまり、本当に蒸気の力で動くおもちゃだ（ライブスチームという）。たぶん、30台以上あると思う。燃料には、石炭やブタンガスやアルコールを使う。ガソリンは使わない。

アルコールは、そう、理科の実験で使うアルコールランプに入っている液体。においは消毒液のような感じ。蒸発が早い。床にまいても、すぐに消えてしまう。アルコールを持った男が「火をつけるぞ」と店員を脅した、というニュースをあまり聞かないのは、値段が高いからか、買う場所が限られているからか。子供の頃、ガレージの床（コンクリート）にこぼしたアルコールに火をつけてみたことがある。見えにくくうっすらとした青い炎が上がって、たちまち燃え尽きた。火遊びはいけないことだが、三度くらいしてみないと、火の大きさ、速さ、つまり危険さはわからない。さすがに、ガソリンに火をつけたことはない（否、模型飛行場のバーベキューのときやったかも）。あれは怖そうだ。灯油は火がつかない。灯油を持った男が店に押し入っても、それほど怖くないと思う。

アルコールは、この頃は、量販のドラッグストアで買っている。子供の頃は、なかなか売ってくれなかった。危険だからか、それとも、飲むといけないからか（そうそう、メチルとエチルとあるのだった。思い出したぞ）。「最近、簡単に買えるな」と思ったら、そうか、もうすっかり大人になっていたのだ。

2005年10月11日（火）

電子レンジ

数年のおつき合いであるが、模型で知り合った井上昭雄さんという人がいる。模型の神様的な存在の方だ。つい最近知ったのだが、日本で最初の電子レンジを作った技術者。最初にそれを利用したのは国鉄の食堂車だった、という記事も読んだ。

結婚した頃には、まだ一般的な電化製品ではなかったけれど、数年後にはかなり普及していた。当時、スバル氏がクイズかなにかの応募で、電子レンジを当てようとハガキを50枚くらい書いていたことがある。数学の確率が不得意だったようだ。

電子レンジは、電波をものに当てて、分子を振動させて熱を生じさせる。電波が箱の中から出ないように、透明ガラスのドアにもよく見るとシールドの網がある。電波というのは、えたいのしれないものだが、たとえば、光は電波の一種だ。光で温めるものもある。地球だって、太陽の光で暖まっている。ちなみに、黒い色は光を吸収しやすい、とよくいうけれど、そうではなく、光が吸収されるから黒く見えるのだ。

分子によって振動しやすい周波数があって、電子レンジは水に周波数が合わせてあるため、水分が一番温まりやすい。水気のないものは温まりにくい。もっとも、食品で水気がないものはほとんどないが。

携帯電話が普及し始めた頃、それが人体に与える影響を心配する声があった。携帯電話の発信する電波がすぐ近くの頭脳を温めないか、というような心配。それは、出力と周波数による。影響がまったくないわけではない。アマチュア無線をしていた中学生の頃、強力な送信機のアンテナの近くへは近づかないようにと注意された。髪の毛が白くなってしまったという話も聞いた。嘘ではないと思う。もう今の世の中、どこも電波でいっぱいだ。もし光よりも低い周波数の電波が目で見えたとしたら、きっと夜も眩しい輝きに満ちているだろう。

2005年10月13日（木）

植物の教え

10月2日のつづき。

雑草というのは、何をもって雑草なのだろう、と理解していなかった。雑草の特徴は、あっという間に成長するが、すぐに枯れてしまう、ということだろう。ずっと枯れずにいれば、それほど嫌われなかったかもしれない。また、雑草は、地上部が大きくなっても、地下部が小さい。すぐに抜けるようだ。このあたりに雑草らしさがある。

一度枯れた部分は二度と緑にはならない。枯れかかった茎から緑の葉っぱが出たとしても、新しい緑の茎が先に伸びたとしても、枯れかかった部分は緑には戻らない。こういう部分が、いつまでも残ってしまう。しかし、リストラできない。

秋の落ち葉が目立つのは、そのあと枝に葉がないから。初夏の落ち葉は、秋より量が多くても目立たない。それは枝にすぐに新しい葉が出るから。つまり、地面ではなく、枝を見て、人は落ち葉を評価している。

どんなに無限に見える落ち葉も、一枚一枚拾っていくと、思いのほかすぐになくなってしまう。湯水のごとくあるものはこの世にない。すべてが有限。

いずれも、他分野へ応用ができる傾向である。

2005年10月17日（月）

大きさと重さ

物体には大きさ（体積あるいは容積）と重さ（重量あるいは質量）がある。大きさが同じでも、重さが違うのは、比重（密度）が違うためだ。水が、だいたい1ℓで1kg。つまり、10cm立方の大きさで1kgで、これよりも比重が小さいものは水に浮くし、重いものは沈む。

ものの重さは、ものがそこに存在していれば変化しない（正確には、変化しないのは質量であって、重量は重力によって変化するので、地球から離れたりすると変わるが）。したがって、熱しても重さは一定、あるいは、複数のものを混ぜ合わせても、重さはそれらの合計になるだけで変化しない。人間が力んでも、死んでも、体重は変わらない。しかし、体積は変わる。たとえば、お腹を膨らませたりできる。水とアルコールを1ℓずつ混ぜると2ℓより少なくなる。粉状のものは、容器に入れたとき、密実さ（詰まり方）の具合によって見かけ上体積が変化する。

一般に、「大きさが2倍になった」と言ったとき、体積が2倍になったことを示すようだ。これはもちろん重さがだいたい2倍になったのと等しい。しかし、なかには、長さが2倍になったと解釈する人もいる。つまり「あの人は普通の2倍大きい」を身長が2倍高いと解釈する。それは変だろう、と思われるかもしれないが、相似形のものを比べるときは、大きさの比率とは長さの比率のことである。たとえば、プラモデルの18分の１スケールなどは、長さが18分の１という意味だ。

もし人間が同じ体形で３倍の大きさになると、身長は５ｍくらいになる。このとき体積は27倍になるため、体重は1600kgくらいになる。既に軽トラックでは運べない。地上で動き回ること、生きていくことも難しいだろう。

2005年10月21日（金）

流動の法則

中学生のときだったか、ホースの先からバケツに水を入れようとしている友人が、ホースの先を指で摘み、先を細めて勢い良く水を出しているのを見かけた。「どうしてそんなことをするのか？」と尋ねると、「この方が圧力が増して早く水がいっぱいになる」と答えるのだ。つまり、水の流速が早くなることで、より多くの水がホースから流出すると考えたらしい。

もちろん、これは間違い。ハーゲン・ポアズイユ法則を知るまでもなく、流れる道が狭められ、抵抗が大きくなるほど流量は減少する。先を細くすることで、ホース内の圧力は高くなるし、流出の速度も増加するが、トータルとして流れ出る水の量は減る。なにもしないで、とろとろと出す方が水は早くバケツを満たす。

大きな口を開けて息を吐き出すと一瞬で終わってしまうが、口笛を吹くように、口をすぼめると、息は強くなるし、また息が長く続く。つまり、大きい口の方が、一気に息を吐き出すことができる。
ところで、流行もこれに似ている。ごく少数の人たちが始めたときは、勢いがあるように見えるが、トータルとしては量は少なく商売にはならない。この時期は比較的長い。大勢に広まると、勢いは衰えるものの、大量消費につながる。しかし、たちまち圧力差がなくなって、流れは止まってしまう。

2005年10月25日(火)

回転数

回っているものは、世の中に沢山ある。
家の中を探してみると、電気を使うものの半分くらいは回っている。だいたい、電気を使うものは、光るか、熱くなるか、回るか、のいずれかで、これ以外のものは、最近のデジカメくらいだろうか。パソコンにも冷蔵庫にも携帯電話にもモータが入っているからやはり回転している。
エンジンの回転数は、車のタコメータを見るとわかるが、アイドリングが1000rpm弱である。rpmというのは、1分間で何回転するかを示している。60rpmだと、1秒で1回転になる。アクセルを踏み込むと、6000回転とかまで吹き上がるが、これは1秒間に100回エンジンが回っていることになる。相当速い。しかし、電池で回るモータでも、3万回転くらい回るものがあって、1秒間に500回転している。このあたりまで来ると、音は「キーン」とジェット機みたいに聞こえる。そう、ジェットエンジンの回転数もかなり高い。
ようするに、回転数が速くなるほど、振動が速くなり、振動数が増えるから、音が高くなる。1秒間に何回振動するかを示すものが、ヘルツとか、サイクルという単位で、音の高低もこれで表される。

直線運動と違って、回転運動は、たとえ空気抵抗がなくても、遠心力が作用するため、回転数に限界がある。構成材料が壊れてしまうからだ。

2005年10月30日（日）

音の速度

音とは空気の振動のことだ。物体はすべて圧縮されると縮み、元に戻ろうとする。気体である空気もこの性質を持っている。これは、いわばバネのようなものなので、長いバネを想像すれば良い。片方でバネを動かすと、その伸び縮みが、もう片方へ伝わっていく。これが空気中を音が伝播（でんぱ）する理屈である。

実は、空気でなくても音は伝わる。物体はすべてバネの性質を持っているからだ。液体でも固体でも伝わる。そのとき、そのバネが硬いほど、音が伝わる速度が速い。硬いというのは、同じ力を受けたときに変形が少ないバネ、という意味である。

空気中では、音は1秒間に340mほど進む。時速に直すと約1200km/hで、これがマッハ1。水中では、約5倍（1500m/sくらい）、鉄などでは、20倍（6000m/s）くらいになる。つまり、6km離れた電車の音が、レールに耳を当てれば1秒後に聞こえるけれど、汽笛などの空気を伝わる音だと20秒くらいかかることになる。

音は物体が伸び縮みしてできる波であるので、押し引きの伝播もこれと同様だ。

長い鉄の棒を用意して、これの片方を引っ張る。するともう片方が動く。一見、両者は同時に動いているように見える。しかし、実は同時ではない。6kmの長さの棒の片方を引っ張れば、もう一方が動くのは1秒後である。東京と名古屋の間を結ぶ360kmの長さの鉄の棒を用意して、片方を引っ張ると、もう片方が動くのには1分もかかる。

2005年11月3日（木）

酸化

この頃、焚き火は空気が汚れる、二酸化炭素が出る、といった理由であまり歓迎されない。昔は、この季節は落ち葉を集めて火をつけ、暖を取ったり、芋を焼いたりしたものだが、燃やす理由は、ゴミを小さくするため、あるいは害虫駆除だったと思える。

燃えるというのは、酸化をすることであって、空気中の酸素を消費する。動物が呼吸をしても、植物が呼吸をしても、やはり同じように酸素を消費する。その意味では、火が燃えるのも、生物が生きているのも、環境的には同じである（動物は沢山植物を食べるからずっと悪いが）。

植物の中には光合成をするものが多く、これは例外的に酸素を作るので、日が当たっている時間で、若い葉っぱを持っている植物は、酸化の反対の作用をしている。ただ、夜はやっぱり呼吸をするし、老木や枯木になると、酸素を減らす方になる。

金属が錆びるのも酸化で、これもゆっくりと燃えているようなものだと思えば良い。また、生物が腐ったりするのも、酸化に近い。

焚き火をしないで、そのまま放っておいても、物体は劣化する。腐って朽ちるわけだから、このとき酸素を消費する。つまり、早いか遅いかの違いともいえる。したがって、燃やさないことが特に重要なのではない。燃やさなくてもゴミはゴミである。リサイクルして活用したところで、物体は消えない。いずれはゴミになる。ゴミを減らすためには、新しいものをなるべく生産しない以外にない。

2005年11月7日（月）

地震

地震の予知は可能か。それは、将来的にはある程度可能になると思う。ただ、地震にもいろいろなタイプがあるから、対象を限定して、お金をかけて観測をすれば、かなりの確率で事前に察知できるだろうが、日本には無数に地震の原因になりそうな危ないところがあるわけで、そういった場所にすべて高価な観測機器を据え付けるわけにはなかなかいかない。それよりは、地震が起きたあとの対処を考えておいた方が合理的、というのが現在の基本的なスタンス。

ここでいう観測の対象というのは、地層の運動のことで、動物とか、雲とか、超能力とか、占いとかではない。いろいろまことしやかに地震を予知できると書かれている（あるいはＴＶで取り上げているだろうと想像する）ものがあるが、すべて嘘である。

科学では解明できないものがある、という言葉はそのとおりだが、そういったものが、科学以外のもので説明できるなんてことはもっとありえない。Ａの地震のときも、Ｂの地震のときも、空に太陽があった。だから、空に太陽が出たら地震が来る、というレベルの統計を真に受けないことである。

2005年11月12日（土）

落ち葉

見慣れない葉っぱが落ちていて、見上げてもそれらしい樹がない。しかしよくよく観察すると、大木の枝の内側、幹に沿って葉っぱの色が違っている筋がある。その樹の葉は黄色いのに、その筋だけは赤い。落ちている葉っぱも赤いのだ。

樹に巻きついている蔦の葉だった。大木は高さ10m以上軽くあるが、あそこまでぐるぐると伸びていった蔦も凄い。根は地面にあるのだと思う。水を吸い上げているのだろうか。寄生しているわけではないだろう。

葉が緑のときには、気づかなかったものが、このように、両方の葉が散る頃になると、突然目立ってくる。そういうものが、そう、人間社会の中でも多々観察される。

黄色になったり、赤くなったりするのは、同じ樹の中でも同時ではない。また、落ちる葉も、枝によって時間差があるし、さらに同じ枝でも先と根本では違う。雨が降ると沢山落ちるが、それは、雨が当たった衝撃だろうか。しかし、風が吹く日よりも雨の日の方がずっと落葉は多い。

葉っぱの数も以前に一度数えたことがあって、1日に平均して1500枚くらい拾うことがわかった。1カ月だと4万5000枚だ。おそらく、庭にある樹の葉っぱの総数はこの10倍はあると想像できるので、50万枚くらいになるだろう。1枚を0.5gと仮定すると、

25万g、つまり250kgだ。なかなか良い線ではないだろうか。もちろん、これらが1年でほとんど全部散る。秋に散らなくても、春に散る。動物が食べる量も相当あるだろう。

2005年11月17日(木)

摩擦

物体と物体が擦れ合うときの抵抗のこと。

摩擦は、物体が触れ合っている面の面積とそこに働く圧力にほぼ比例している。この比例係数を摩擦係数と呼ぶ。通常、0.1〜0.3くらいではないだろうか。

たとえば、体重が100kgの人がいて、足の裏の面積が500cm^2だとすると、摩擦係数が0.2の床の上で彼を引きずるためには、どれだけ力が必要か。

圧力は、100kg／500cm^2＝0.2kg／cm^2になり、0.2(摩擦係数)×500cm^2(面積)×0.2kg／cm^2(圧力)＝20kg(摩擦抵抗)と計算されるので、つまり、20kgの力があれば引きずることができる、とわかる。

気づいた方もいると思うが、圧力を求めるときに面積で割り、そこへまた面積をかけている。結局、水平面であれば、接している面積には関係がなく、重さ×摩擦係数で求められることがわかる。ということは、足の裏の面積が大きくても小さくても、摩擦抵抗は同じだ、ということ。

自動車の場合もこれと同じで、タイヤを太くしても細くしても、摩擦抵抗は同じ、つまりグリップは同じである。じゃあ、どうしてレーシングカーはあんな太いタイヤをはいているのか、考えてみましょう。

2005年11月19日（土）

鉄と炭素

親父からもらった日本刀（鑑定書によれば、室町時代末期のものらしい）を昨日、戦国マニアとして名高い講談社のＫ木氏に見せた。僕自身は、それを抜くのは20年ぶりくらいだった。錆びているのではないかと想像していたが、曇りもなく錆もなく綺麗だ。刀は古いものほど錆びない、といわれているが、それは、錆びないから今まで残っている、という意味でもある。

鉄の強度は、炭素の含有量によって大きく左右される。製鉄の過程で、炭素量をコントロールする。炭素量を増やせば、高強度の鋼になるが、しかし高強度なものほど脆く、欠けやすくなる。つまり、ガラスみたいなもので、硬いが割れやすい性質になる（ちなみにガラスは鉄よりも硬い）。逆に、炭素量を減らすと、強度は低いが軟らかく粘り強い鋼になる。

日本刀は、一本の刃の中で、周囲と芯に異なる鉄を用い、硬いけれどしなやかな性状を求めようとした、いわばハイブリッド構造だ。炭火にかざして叩く工程で、炭素が含まれ、経験的に強度をコントロールする技術が生まれたものと思われる。

建物などで用いられる鋼材のほとんどは、炭素の含有量が低く、軟らかい鉄（文字どおり軟鋼という）である。加工性が良く（特に溶接ができる）、また変形したとき、破断するまでに沢山伸びるのが軟鋼の特徴。

2005年11月23日（水）

建築の構造

日本の住宅は、構造の種別で、木造と鉄骨造と鉄筋コンクリート（ＲＣ）造の３種類に分かれる（大規模なビルの場合は鉄骨鉄筋コンクリート造が加わる）。ようするに、構造材料は、木か鉄かコンクリート。この３つしかない。例外的に、アルミなどの非鉄金属、あるいは、レンガや石、それに竹などがあるものの、もの凄くマイナなので、無視できる程度。

さて、特徴をいくつか紹介すると、木と鉄は火に弱い。鉄は火に強いと思っている人がいるが、実際には400℃くらいで強度が半減するため、事実上、木造と同じくらい弱いと考えて良い。だから、耐火被覆が重要になる。ＲＣ造だけが火事に強い。事務所ビルが鉄骨で造られるのに、人が住むマンションなどがＲＣ造なのは、主としてこの優れた耐火性と、もう一つは、重いせいで音が響かないという利点からだといわれている。

鉄骨造は、工期が短い、大きな空間が作り出せる、といった特徴がある。木造は、改築が容易だ、という利点がある。値段は、グレード（あるいはデザイン）によるが、小規模なものは木造が有利で、少し大きくなるとあまり変わらない。

耐久性も、それぞれに工夫をして上げることが可能なので、大差はないが、木は虫害や腐朽、鉄は錆、そしてＲＣも内部の鉄筋の錆が耐久性に影響する支配的要因となる。

また、耐震性も、いずれも充分に上げることができるので、大差はない。

今現在、僕は木造の家に住んでいるが、構造はまあどれでも良いと思う。「木が暖かみがある」なんて全然思わないし、健康に良いとも思わない。そういうことは、建築の構造とは無縁である。どうしても木が必要だという人は、室内の表面だけ仕上げ材として木を貼れば良い。それだけのことだ。

2005年11月27日（日）

真空

地球上であれば、なにもないところでも、空気がある（ナ・バ・テア）。これは、地球に空気が（引力で）吸い寄せられているから。地球から離れると、空気は少なくなり、真空に近づく。たとえば、月面は真空だ。

よく、宇宙は無重力だ、宇宙は真空だ、というが、そう聞くと、地球は宇宙ではないのか、と問いたくなる。それはさておき……。

真空というのは、なにかもの凄い力を持っているかのように考えられているふしがある。それはたぶん勘違いで、特に力を持っているわけではない。

真空パックというものがあって、袋に食べものや布団などを入れて、中の空気を抜く。すると、袋がぴったりと中のものに吸いつくか、あるいは小さく縮めてしまう。しかし、これは真空が吸いつけているのではなく、周囲の空気（大気）が押さえつけているだけのことで、単なる圧力差だ。たとえば、真空パックされたものをそのまま月面まで持っていくと、あんなに袋がぴったりくっつかなくなるし、布団ももとの大きさに戻ってしまうだろう。

月面で、コップに入れた水をストローでいくら吸っても、飲むことはできない。水は上がってこない。あたかも、真空がものを吸引する力があるように見えるのは、大気圧の中にいるときにだけ観察される錯覚である。

真空飛び膝蹴りという技があったが、真空にはまったく関係がなかった。月面宙返りの方がまだ多少関連がイメージしやすい。

2005年12月2日(金)

空気抵抗

空気の中を走ると、風を受けて抵抗が生じる。速度が速くなるほどこの抵抗が大きい。自動車は、エンジンの馬力が大きいほど速い、という印象が一般にあるが、最高速度は、ボディの形で決まるといっても良いほど。つまり、もし空気がなければ、馬力がいくら小さくても、少しずつ加速して、ギァをだんだんと切り替えていけば、いくらでも速く走れる理屈だ(この場合、メカニズムで生じる摩擦を無視しているし、また、摩擦がなくても、光速は越えられない)。

自転車を思いっきり漕いでも、せいぜい時速50〜60kmくらいだと思うが、自転車の周囲をすっぽりと覆うような、いわゆる風防を取り付けると、同じ人が漕いでも速度はぐんと増す。空気抵抗はこれくらいの低速でも、速度を決める支配的な要因となる。スピードスケートにおいても、トップスピードの状態では、抗力の9割以上が空気抵抗のはず。

さて、網戸というものがあって、これは虫を入れないで、風を入れる工夫であるけれど、でも、これがどれくらいの空気抵抗があるのか、というと意外に大きい。つまり、網戸があると、風はなかなか室内に入らない。

たとえば、庭の周囲に巡らす金網フェンスくらいの粗い網目でも、それがあることで風は半分ちかく少なくなる。網戸はもっともっと細かい。ゆっくりと流れる空気がじわじわと入ることはあっても、風が通り抜けることは、まずないと考えて良い。

さらにいえば、網戸も開けて、窓を全面開放しても、「小さな穴の開いた壁」の空気抵抗が非常に大きいため、風の大部分はその建物自体を避けて流れようとする。

2005年12月6日（火）

破壊試験

材料には強度という性質がある。どれくらいの力まで耐えられるか、つまり、どれくらいの力が加わると破壊するか、ということ。これを知るためには、力を少しずつかけていき、材料を破壊してみれば良い。

ところが、ジレンマがある。破壊してしまったものが、元には戻らないという現象だ。破壊とは、つまり、そういう性格のものなので、これはしかたがない。作り直せば良いのだが、作り直すと、もうさきほどとは強度が異なる材料になっていることが普通だ。

となると、どうすれば良いだろう。これは、人類が長年悩んできた課題である。一番簡単な方法は、だいたいどれくらいで壊れるかを知ったのち、それにはとうてい及ばない小さな力の範囲でその材料を使用する、という考え方である。たとえば、その材料を壊してみて、強度を調べる。同じ材料ならば、それとほぼ同じであろうという仮定の下で、その強度の半分くらいまでなら安全だろう、といった控えめの設計をする。

近年になって、工業の発達とともに、大量生産が可能になり、品質が安定した製品を作れるようになった。だから、一部のサンプルを破壊試験して、すべての製品の強度を大まかに保証できるようになったといえる。それでもやはり、長期的にはなにがあるかわからない。材料が劣化するかもしれない。だから、本来持っている強度の２分の１か、３分の１くらいの力しか普段は作用しない、といった条件で設計することが相変わらず一般的である。

ところが、今でも大量生産されない工業製品もある。代表的なものは、土木や建築の構造物で、これは個々に設計され、ほどんど単品しか生産されない。となると、その構造物がどれだけの強度を持っているのかは、破壊試験で確かめることは事実上不可能となる。こういった場合には、部分的な実験、模型実験、あるいは計算を駆使して、おおよそを推定する以外にない。もちろん、ここでも、大きな安全率が導入され、余裕のある設計がされる。

2005年12月10日（土）

プロペラ

プロペラの飛行機はもちろん今でもある。小型飛行機に多い。

プロペラの直径を２ｍとすると、円周は約６ｍ。もしエンジンが毎分3600回転（車のエンジンであれば大した高回転ではない）で回っていると、1秒間だと60回転になるから、プロペラの先端は6×60＝360mの距離を走ることになる。これは、音速340m/sよりも速い。マッハを越えることになる。

第二次大戦の戦闘機などでは、これに近い状況に既になっていた。ちなみに、プロペラで推進する飛行機自体の速度は、せいぜい800km/h程度が限界で、マッハには全然到達できない。

ラジコンの模型飛行機のプロペラは30cmくらい。円周は約1m。しかし毎分1万回転くらいは軽く回る。プロペラが2倍になれば、先端がマッハに近づく計算になる。

プロペラの羽根は、2枚、3枚、4枚、とさまざまだが、一般に速く回るものほど、羽根が少ない。小型飛行機は2枚が多い。少し大きくなると、3枚、そして4枚になる。速度を競うために作られる模型飛行機では、1枚羽根のプロペラさえある（バランスを取るために反対側にウェイトが必要となる）。

ヘリコプタの上で回っている羽根は、プロペラとはいわない。あれは、ロータ。やはり、2枚、3枚、4枚、それ以上、といろいろあって、大きいものほど羽根が多い。ヘリコプタのロータは、飛行機の主翼に相当するものである。したがって、ヘリコプタは回転翼飛行機と呼ばれる。

2005年12月14日（水）

回転する記憶媒体

長い文章を書きとめ、コンパクトに収納するためには、古来、巻物にするか、書物にするか、のいずれかだった。最近になって、音や映像を記録・再生できるようになって、この場合、時間的連続性を維持するために、巻き付ける方式が有利になった。レコードやテープなどがそうだ。レコードは始まりは円筒形だったが、量産に優れる円盤形が普及した。テープはカセットになり、レコードみたいに裏表（A／B面）が作られたけれど、実際にはテープの裏は使用されない。トラックが違うだけのことだが、巻き戻すときも再生できるように、というアイデアだったようだ。ちなみに、ＶＴＲのテープはヘッドが回転しながらトレースする。幅一杯を使うので複数トラックが実現しなかった。このため巻き戻しが大変である。

それ以後の各種ディスクでは裏がないものが増えた。これは巻き戻しの手間が不要になったせいだろう。

デジタルなのでコンテンツが劣化しないという長所から、あっという間に普及したけれど、しかし回転させなければならない点は不合理さを抱えている。無駄なエネルギィであることは間違いない。たとえば、生物の頭脳の中には、回転している部位はない。すべての記憶媒体は機械的な運動を伴わないものへ進化する道理である。

「どうして地球は回っているのですか？」という質問をよく学生から受ける。天体はたいてい回転している。答は、「その天体が回転していると観測される地点に君がいるから」であるが、静止していることがいかに奇跡的か、を考えれば良いだろう。

2005年12月16日（金）

振り子

昔の時計には振り子があった。これが揺れる周期に従って時を刻んでいた。歯車が、振り子が揺れるごとに1歯ずつ進むように機械的に制御されている。振り子が止まると、時計も止まってしまう。また、振り子がいつまでも揺すっているように、少しだけ動力で加勢し、運動が続くようにできている。

振り子には、下の方に重りがついているのが普通だが、あの重りを軽くしても、重くしても、揺れる周期は変わらない。ただ、揺れる力は重い方が大きくなり、機械摩擦にも抵抗できるため、重くしているだけだ（もちろん、棒の重量もあるため、重りの重量を大きくすることで、重心が下がる）。

なんでも良い、適当なものを糸の先に結びつけ、その糸を25cmほどにして揺すると、だいたい1秒間で往復する。この糸を1mに伸ばすと、だいたい2秒間で往復する。糸に結びつけるものを変えても、結果に影響はない。実験ができるので、信じられない人は試してみよう。

振り子時計は、この25cmか1mの振り子を持つものが多いようだ。

以上のように、振り子の周期は、長さの平方根（2分の1乗）に比例している。4mの振り子ならば、約3秒で往復する。これによって、アルプスの少女ハイジのブランコの長さを大まかに求めることができる。

2005年12月20日（火）

氷

コップに水がぎりぎり一杯に入っている。その水に今、大きな氷が浮いている。この状態をイメージしてもらいたい。さて、この氷が解けたら、水はコップからあふれるだろうか？

もちろん、答はNOである。氷が水に浮くのは、氷の比重が水よりも軽いためであり、水が凝固したときに膨張するからだ。水面に浮いている氷の、水面下に沈んでいるのが、すなわちもともと水だったときの体積であり、水面上に現れているのが膨張して増えた分の体積である。だから、解けてもトータルの水の量は変わらないから、水面は下がりも上がりもしない。

さて、北極には陸地はない。北極は海である。だから、北極の氷は浮いているわけで、これが解けても海面は上昇しない、ということが上の例から導かれるが、これは正しいだろうか？（いつも繰り返すが、答を求めているのではない）

一方、南極は大陸なので、陸地の上に氷がのっている。この氷が解ければ、それは海に流出するから、海面を上げることになるだろう。どれくらいなのかは、いろいろな試算があって、数十cmから数十mまでさまざま。温度変化にともなう天候変化があるため予測は難しい。

ちなみに、凝固したとき膨張する物質は珍しい。水以外の例として、炭素がダイアモンドになるときなどがある。

2005年12月24日（土）

重さはいくつ？

前回のコップに浮いた氷の話で、「簡単すぎる」と思われた人は多いはず。では、今回はその発展形を1つ。

今、秤（はかり）の上に水が入ったコップがのっている。秤の針は、丁度500gを示している。ここの水にそっと氷を浮かべてみたところ、コップの水がちょうどぎりぎりいっぱいになった。秤の針を見たら、550gになっている。つまり、50gは氷の重さと考えられる。ここまでは良いだろうか。

では、同じ条件で、氷ではなく、鉄の玉を入れたとする。水はちょうどぎりぎりいっぱいになった。さて、秤は何gを示すだろう？

次に、同じ条件で、氷でも、鉄の玉でもなく、人間が指を突っ込んだとする。水の中に人差し指だけを入れた状態で、コップ自体には触れていない。指を入れたせいで、やはり水はぎりぎりいっぱいになった。このとき、秤は何gを示すだろう？

もちろん、理系の人でも100%は正解できないと思われる（実際に教室で出題したことがあり、後者の正解率は60%程度だった)。答は、前者は約890g、後者は550g。

2005年12月29日（木）

重さはいくつ2

秤にのった水の入ったコップの続き。

指を入れたときの結果からも推測できるように、鉄球を糸で吊って、水の中に入れた場合も、やはり鉄球が水中に沈んだ分の水の重さだけ秤の値は増える。指や鉄の比重には無関係である。

では、水中にすっかり入ってぶら下がっている鉄球（このとき秤は550gを示している）の糸を切ったらどうなるか？

もちろん鉄は沈み始めるが、まだ底には到達していない。このとき、秤は550gより重くなるか軽くなるか？

底まで沈めば890gになる。鉄の比重は約7.8なので、50ccの体積ならば、重さは390gで、これが加わるからだ。以下、解答。

この沈みつつある鉄の玉の問題は、鉄の玉が沈む速度によって変化する。浮力を受けるものの、鉄は水よりは重いので、沈下はしだいに加速する。しかし、どこまでも速くなるわけではない。速度が増すほど、水の抵抗を強く受けるからだ。ある速度に達し、それ以上には速くならなくなる。つまり、等速度運動だ。コップが充分に深ければ、底に到達する以前にこの釣り合い状態に至る。

秤が示す重さは、最初は浮力を加えた550gであるが、鉄球の沈下速度とともに増す水の流動抵抗分だけ反力が生じ、しだいに秤の針は上昇する。そして、鉄球の沈下速度が一定になった時点で、秤の針は890gを示す。

底に触っていなくても、鉄の重さはすべてコップに支えられている。

この状態で、鉄球が底に到達すると、沈下速度が一気に失われる。この加速度が反力として現れ、一瞬だけ秤の針は重くなるが、すぐに890gに戻る。

2005年12月31日（土）

重さはいくつ3

水が入ったコップが秤にのっている問題の応用編。

コップに空気が入っている。空気は、コップの外側にもあるから、出入りをしないように、コップの上部のところにサランラップで蓋をした。この状態で、秤の針は100gを示している。

ところが、よく見たら、コップの底に蠅が1匹紛れ込んでいた。つまり、蠅の重さを含んだ重量が100gということになる。さて、この蠅が羽根を動かし、飛び始めた。蠅がコップの中で空中に浮いて、コップの底や壁には触っていない状態のとき、秤の針はどうなるだろう?

次に、空中を飛んでいた蠅が、突然死んでしまったとする。羽根の動きも止まった。すると、蠅は落下し始める。この状態のとき、コップの針はどのように動くだろう？　以下、解答。

蠅が空中でホバリングしている状態のとき、秤はやはり100gを示す。蠅は自分の重さを支えるために羽根を動かし空気を下へ送っている。その空気がコップを下へ押すためである。

蠅が死ぬと、空気を下へ押す運動が止まるので、秤の針は一瞬、蠅の重量分だけ軽くなる。蠅は自由落下を始め、どんどん加速する。しかし、水の中を沈む鉄球の場合と同様に、落下速度が増せば、空気抵抗も増し、その反力として秤の針は増える。コップが充分に深ければ、蠅の落下は等速度運動となって、このとき秤の針は100gとなる。蠅がコップの底に当たったときには、一瞬100gよりも重くなるが、すぐに100gに戻る。

ジャンボジェットが空を飛んでいるときも、飛行機の重さは地面にかかっている。

MORI LOG ACADEMY 1
社会

2005年10月3日（月）

高齢化社会

高齢化社会や少子化、などがよく聞かれる。少子化は、人口を減らさなければならない現代において当然の方向性であり、何故あんなに問題にするのかわからないが、まあ、若い人が減ると活気がなくなる、という問題はある。それは、その分、年寄りががんばるしかないだろう。若者が減ったら、老人を養えない、という不安があるとしたら、そもそも、大勢の若者によって支えられるようなシステムに問題がある、と見るべきである。

ところで、老人が一人暮らしをすると、コンビニへ行ったり、インスタント食材を利用することになるだろう。ところが、コンビニも、インスタントものも、何故か若者のものである、という認識が企業側にまだある。たとえば、カップ麺など、どうやって作れば良いのか、あの小さな文字のわかりにくい説明を老人に読めというのだろうか。コンビニのおにぎりの封の開け方だって年寄りには無理だ。スパイシィで量の多いものが多すぎる。だんだん、自分も年寄りになってきたので、こういった心配をしているのかも。

2005年10月6日（木）

ガソリンの値段

ガソリンが最近値上がりして話題になっている。しかし、僕が大学生のときは、もっと高かった。一番高いときは1ℓ150円くらいだったと記憶している（調べていないのであやふや）。だから、もう20年以上、「ガソリンって安いなあ、まだまだ沢山あるんだなあ」

と思い続けてきた。子供の頃には、「君たちが大きくなる頃には、石油は枯渇する」と威されていた。耳にタコができるほどでもないし、耳が痛くなるほどでもないが、それなりに頻繁に聞いた。

このまま値上がりして、150円くらいになったとしても、でも、まだ安いと思う。何故かというと、自動車の燃費がずいぶん改善されたからだ。同じ1ℓでも長く走れるようになっている。つまり、実質的にガソリンの能力が上がったことに等しいから、同じ値段でも安い、と判断できる。

このように、技術の進歩は、原料の性能を引き上げることが可能であり、また「知る」ことによって、ものの価値が上がったり、下がったりする。「情報」というものが価値を持ち始め、値段がつくようになるのもこの道理。

お弁当も安くなっている。それ以上に美味しくなっている。そういう意味では、昔の（特に売られている）食べものは、もの凄く高かった、ということになる。技術が進歩することで、豊かになり、値段が下がる、というわけ。

僕の人生は今のところ、前半はインフレで、後半はデフレだ。

2005年10月10日（月）

竿竹屋は何故潰れないのか

最初に断っておくが未読である。だから、勝手に考えてみよう。まず、最初にいいたいのは、「竿竹屋が潰れないという前提が何故あるのか」を疑うべきだということ。おそらく、ほとんどの竿竹屋は潰れていると思われる。何代も続いているだろうか。製造業としては成り立っても、販売だけでは無理だ。このように、「何故潰れないのか」と問題提起することによって、実は潰れている現実を隠す手法が一般に多い。
「どうして我々がこんなに汗水流して、一所懸命がんばっているかわかりますか？」と涙ながらに訴える人は、だいたい汗水流していないし、それほどがんばっていないものだ。
世の中に潰れない商売はないし、いつかは必ず潰れる。長く持ちこたえるか短いか、のいずれかだろう。ある竿竹屋が潰れて、あるいは竿竹製造業が潰れて、品物をただ同然で引き取った人が、いわゆる多く観察されるところの竿竹屋になるのかもしれない。そうなると、元手が0に近いため、利潤が極めて大きい。売っただけ利益だ。そして、売り切ったところで、廃業すれば良い。
繁華街でもない住宅地の細い道に面した小さな貸店舗に、ときどき名前だけ洒落た高級ブティックが開店したりする方が、竿竹屋よりはよほど不思議だ。やたらに花が沢山届いていたりするし、「店を持たせてやる」というアルコール混じりの声が聞こえてきそうな気もするし。それに比べれば、竿竹屋など謎のうちに入らない。

2005年10月15日（土）

歴史のスピード

親父から日本刀をもらった。そんなものに興味はないのだが、捨てるわけにはいかない。東京都庁に連絡をして、ちゃんと登録の名義変更もした。これをしないと不法所持になるのかな。刀は室町末期のものらしいが、鞘は江戸時代に作られた、と鑑定書にある。今のところまだ抜いていない。錆びているかもしれない。

子供の頃には戦国時代って、もの凄い昔のことだ、と感じていたけれど、自分が既に半世紀近く生きてきたし、1世紀近く生きている人も何人も知っている。すると、100年くらい、そんなに大層な時間ではないな、と思えてくる。社会も人間もあまり変わっていない。子供たちは、100年後というと、人間の姿形も進化した未来を想像しているようだが、そんなに変わらないだろう。科学の進歩だって想像を絶するほどではない。現に今の状況は19世紀頃に皆が予想した社会よりもずっと控えめである。

歴史というのは、そういった時間の流れ、変化の速度を捉えることが大事だと思える。学校で歴史を習っているときは、そんなことは考えもしなかったが。

大きな変化は、大昔の農業の発祥や産業革命をはじめとする工業の飛躍だろう。

竪穴式住居というものがあったが、あれがいつくらいまで日本に存在したのか、というと、江戸時代にはまだ普通だったし、明治になってもまだ地方には一部あったらしい。壁のある家とか、あるいは身近なものだと食器や書物とかが、庶民のものになったのは、ほんの最近のことのようだ。

2005年10月19日（水）

水

名古屋でも東京でも、駅や公園などで、ホームレスの住宅（？）をよく見かける。段ボールや青いテント（支援団体が配布しているらしい）で雨風を防いでいる。自動車のバッテリィやカセットコンロを使っている人も見かける。電気もガスもないのだから、それなりの工夫が必要だろう。しかし、どうしてここに集まっているのか、と周囲を見渡すと、必ず自由に使える水が近くにある。つまり、人間が生きていくためには、水が不可欠なのだ。

集落は必ず水辺にできる。大きな川がないところに大都会はない。飲料水だけでも必要だが、農業や工業にはさらに何十倍、何百倍もの水が必要なのだ。

東京の近くへ行くと、大きくて有名な川でも、意外に流れている水が少ない。その代わり、河原がやたら広くて、グランドがあったり、公園があったりする。あれは、あの川を流れている水の大部分が、上流で吸い上げられ、水道に使われているせいだ。その割合は（20年もまえに聞いた話だが）98％以上だという。流れているのは本来の水量の２％以下ということ。

名古屋の近くにある、木曽川、長良川、揖斐川は水が多い。やはり、東京よりは、開発がされていないということだろう。地域贔屓ではないが、名古屋の水道水は冷たくて美味しい。知っているかぎり、どこよりも美味しいと思う。

地震などの災害時にも、最も重要なものは水の確保だろう。

2005年10月23日（日）

原価

ホテルに宿泊すると新聞があるので読む。朝日新聞だったと思うが、コンビニでガス、電気、水道などの料金を支払う人が増えていて、銀行よりも多くなりつつある、という記事だった。銀行よりも店も多いし、開いている時間が長いから当然だ。それよりも、コンビニ側のコメントとして、1回の払い込みで、50〜60円の手数料が取れるので、これはおにぎり1個の利益と同じくらいだ、とあった。この記事で最も面白かったのは、この部分だった。おにぎり1個でそれくらい利潤があるのか、と……。

喫茶店の飲みものなんかも、原価はどう考えても1杯、数十円だろう。10倍くらい（あるいはそれ以上）の値段がついている。ほとんどが、店の場所と、人件費に費やされている。建築だって、何千万円もするけれど、純粋な材料費は1割くらいではないだろうか。もっとも、「純粋な」という部分が難しい。

たこ焼き屋さんがあって、400円の皿が100皿売れたとする。これは、8時間営業したとき、平均5分に1人客が来る場合だ。1日4万円の売り上げになる。でも、店の中には焼いている人が2人、レジに1人いる。3人の賃金が6000円として1万8000円。店の賃貸料が1カ月10万円くらいとして1日約3000円なので、半分以上が消える。材料費は1万円はかからないだろう。残りが儲け、あるいは、その他の雑費になる。100皿くらいじゃあ商売にならないか。

食べるものに比べると、自動車や電子機器は、値段の割に原価がかなり高い。割合が高いというだけで、絶対値は大きいから、なんとか回っているようだ。しかし、自動車のディーラや、銀行などもそうだが、一等地に洒落た店を構え、そこに大勢店員がいたりすると、「この土地や建築費や店員の給料が値段に含まれているのだな」と思えてしまう。そう思ってしまって良いと思う。

2005年10月28日（金）

プロ野球

新聞やテレビは、「報道」のメディアとして、中立な立場が求められる、とよく耳にする。しかし、プロ野球のチームを持っている新聞社やテレビ局があって、どう見ても、中立な報道はされていない。つまり、スポーツについては、「報道」ではない、という立場のようだ。

たぶん、読者、視聴者のニーズに合致した情報を、という大義を根拠にしているのだろう。求められるものを提供している、と。これはエンタテインメントの理念としては正しい。日本人が見ているのだから、日本人の活躍を重点的に取り上げる。日本贔屓の報道をする。たぶん、戦争をしているときの報道も、似た理由で日本贔屓だっただろう。求めるものを与えることは商売としても最も簡単な手法である。

株を大量に買われた球団は、試合に負け続け、ファンも球場へ行かない、それで株価を下げる、という反撃（対抗策）が有効だ、と書こうと思っていたのだが、本気で考えた人がもしかしていたりして……。

2005年11月2日（水）

古い体質

ある程度大きな組織が長く存続すると、その中でいろいろな暗黙のルールが作られる。この役職は、ここここここここから1人ずつ順番に出すとか、これを務めた人はそのあと何年かしたら、これになる、とか。不文律の場合もあるし、門外不出の申し合わせ事項として明記されているものもある。これはいわゆる、「平等」という表現で押し進められるシステムで、喧嘩をしないように、誰かが損をしないように、仲良くやりましょう、というものだ。

こういうものが民主主義だと考えている人が多いが、それは違う。議論をしたうえで、どうしても合意が得られない場合には多数決を取る。そこで喧嘩になったり、損得が生じてもしかたがない。一時的に不平等になることもあるだろう。

こういったおかしな平等意識が非常に根強い。特に、「官」という組織には強固にはびこっているだろう。それを強引に壊そうとする改革に対して、「そんなものは独裁政治だ！」と彼らは叫ぶのである。

民主主義は、総理大臣や大統領という独裁者を民意が選ぶことができるシステムであり、その独裁者を民意で下ろすことも保証されている。それに選ばれた人は、大いに特権を行使し、官にはびこる意味のない平等ルールを壊してほしい。

2005年11月6日（日）

手当が多すぎる

給料をもらっていて感じたこと。通勤手当とか扶養手当とか、いろいろオプションがついている。これのために書類が増えるし、それを計算する事務員も増える。そんな面倒なことはやめて、一律にしてはどうか、と考えた。なにしろ、同じ仕事をしているのだ。同じ成果を期待して給料を支払っているのに、結婚しているか、家が遠いか、何を使って通勤するか、でもらえる報酬が違うのはどうしてだろう。いや、これは報酬ではない、という理屈だとは思う。しかし、そんなことを言い出したら、親が借金を抱えているとか、子供が重病だとか、もっと手当が必要なものが考えられないか。

国会議員には、秘書を雇うための費用が支給されるようだ。会社の重役は、関連企業の人と接待名目で旅行や食事をする費用が会社から出るだろう。こういったオプションの制度があるから、「使わないと損だ」という発想になる。悪用して不正も起こる。そんなことは一切やめて、その代わり、国会議員には、今の給料の3倍くらい支払う。一流企業の社長ともなれば、何億円という給料を支給するべきだ。そのうえで、自分の地位を保つために、自分の金でブレーンや秘書を自由に雇えば良い。接待も自由にどんどんすれば良い。自分の金だから有効に使うだろうし、不正も起こりにくい。使わないで丸儲けできる人は、それはそれで有能なのだから、もちろんそれで良い。

通勤手当を支払うのは、自動車ではなく、交通機関に乗って欲しい、という政治的配慮だろう。しかし、それならば、運賃を下げる、という方向で実現すべきだ。扶養家族が増えて、生活が大変ならば、それも社会制度として組み込むべきもので、夫の勤務先から給料に含まれて支給されるのは納得がいかない。主人が働かなくても、奥さんも子供も生活しなければならないのだから。

要求されたものに対して、その場限りの応急措置的な「手当」をしてきた、継ぎ接ぎだらけの制度ではないだろうか。もっとシンプルにできるはずだ、と思えてしかたがない。

2005年11月10日（木）

手当再び

たとえば、三重大から名古屋大へ転勤すると、都市手当というものがもらえるようになる。ある程度大きな都市だけで支給されるものらしい。すべての手当を合わせた合計の４％くらいだった。これはわりと大きな金額だと思う。支給される理由は、都市は物価が高いから、というもののようだ。

しかし、名古屋に住んでいて、三重大へ通勤している人はもらえない。三重に住んでいて、名古屋大へ通勤している人はもらえる。すなわち、どこに住んでいるかではなく、勤務先がどこにあるか、でこの手当が支給されるかどうかが決まるのだ。どう考えても理不尽である。

名古屋大には、キャンパスからは離れた市外に研究所がいくつかある。そちらへ転勤になると、都市手当がもらえなくなる。よく覚えていないのだが（また、今でもそうなのか知らないが）、大都市から転勤した場合は、都市手当は２年間だったかはそのまま（あるいは80％かな）もらえる、という特例がある。急に給料が減額されては大変だから、という理由らしい。そこで、この市外へ転勤になった人は、２年経つと、また市内へ戻される。そうやって、２年でみんなで順番に交代して勤めれば、誰もが都市手当をもらえる。「不公平がないように、個人の不利益がないように」という配慮だ。悪いことをしている意識はまるでなく、逆に良いことをしている、そうしなければ損だ、と考えているみたいだった。これに類することは、数え切れないほどあるだろう。

ようするに、公務員というのは、このようにして無駄な金を

（有効だと信じて）平気で使う感覚を、長い年月の間に養うのである。国民が民営化に賛成する道理だ。

2005年11月14日（月）

作られた歴史

ちょっとまえのことだが、遺跡発掘のときに、古い石器などの破片をポケットに忍ばせ、いかにもそこで出土したかのように振る舞っていた研究者が摘発された、というニュースがセンセーショナルに報道されたことがある。その人が各所で同じ事をしていたため、過去にわたって多くのデータが再検討になった。

こういったことは、きっと昔からあっただろう。名声を得るために、あるいは、重圧から。たとえば、借金を抱えて実現した調査だったり、それとも自説をどうしても証明したい一心だったり。

考えてみれば、かなり簡単にできる詐欺行為といえる。昔ほど多かっただろう。そういった間違ったデータの上に歴史は作られているかもしれない。数々の文献に書かれていることは、どこまで本当だろう？　最初のものが嘘ならば、それを知らずに多くが嘘をコピィする。後世になれば、複数に記述されている信頼できる情報、となりえる。

それ以前に、そもそも、正しい記録というものがあるだろうか。どんな記述にもそのときどきの利害が絡み、客観性は極めて乏しい。客観的であることの価値などそもそもないからだ。正確な記録を残そう、といった動機には理由がない。真実を伝えたい、という動機にも理由はない。

記述すること自体が、正確ではなく主観的な主張を含ませる行為にほかならないからだ。これは、現在のマスコミにも根底に流れているシステムといえる。ジャーナリズムが抱える矛盾である。誰も、真実を知りたいわけではない。自分に都合の良い情報を手に入れたい、あるいは広めたいだけであり、そこにしか情報の価値はないといっても良い。

元来、歴史とはそうやってできたものである。

2005年11月20日（日）

消費税

もう10年以上言い（書き）続けていることだが、ここが森博嗣の最初だという人が半分くらいいるようなので、改めて書く。

僕は、消費税というシステムに賛成だ。当初から、これは合理的な税制だと思えたので、早く導入してほしかったし、３％や５％では少なすぎると考えている。10％でもまだ少ないと思う。

ただ、すべての品物に対して一律の税率にすることはどうかと思う。基本的な生活に必要なものは安く（０％でも良い）、そうでないものは高くすべきだ（たとえば、高級な自動車、宝石、ブランド品、旅行関係などは、50％以上かけても良いだろう）。

つぎに言いたいのは、消費税を含めた値段でものを売った人（店）などから、税務署はちゃんとそれを回収してもらいたい、ということ。過去には、年間売り上げが3000万円以下の場合は回収されていなかった。つまり、消費税分はその人（店）の儲けになっていたにすぎない（おそらく、消費税導入のための方便だったのだろうが)。

消費税に賛成だ、と書くと、「いやそれよりも、税金の無駄遣いをやめさせるべきだ」と反論する人が多い。税金の無駄遣いはもちろん良くない。しかし、どんな税制が適当かという話をしているのであって、税金がどう使われるかを議論しているのではない。消費税を上げるならば、所得税を減らすべきだ、という論理は正しいと思う。所得税というシステムに不合理さがあるからだ。
「消費税は収入のない子供や老人からも税金を取る悪いシステムだ」と反論する人も多い。収入のない子供や老人はなにも買わないから、消費税を払うことはない。もし、なにかを買うのだとすれば、その子供や老人にお金を与えた人がいるわけであり、その人が消費税を支払うだけのこと。
「所得がなければ税金は払わなくて良い」という考えから、なんでも経費でどんどん落とし、無駄遣いをしてまで所得を減らす会社や商売が多い(全部だといっても良い)。これはもう当然というか、常識になっている。さらに、あの手この手で所得を誤魔化して、税金逃れをしているところは少なくない。そんな不明確な所得に対して税をかけるよりも、使ったときに税金を払うというシステムは、少なくとも簡単で明確である。

2005年11月24日(木)

博物館の展示物

イギリスやフランスの博物館へ行くと、その博物館の所有物として、ヨーロッパ以外の文明の発掘品が沢山展示されている。ミイラや宝石や彫刻、とにかく圧倒される量だ。しかし、当然ながら違和感がある。何故、これらの品々はそれが出土した国で展示されていないのか。

もちろん、かつてはイギリス領、フランス領だった場所かもしれない。戦利品かもしれない。正式に購入された物品かもしれない。単に展示しているだけで、ちゃんとした契約が結ばれているのかもしれない。だがしかし、普通に見て、それは不自然なのである。

戦争に勝って、これらを持ち帰った、というのも一つの歴史である、との主張ももちろん聞いたことがある。しかしそれでも、不自然は不自然である。

たとえ、イギリスやフランスが所有しているものでも、それがもともとあった国で展示されるのが自然だ。大国ならば、無償で貸し出せば良いのではないか。アカデミズムならば、そう考える。少なくとも、展示を見るたびに、返してやれよ、と呟きたくなる。

歴史的な価値とは、その物体にあるのではない。物体から引き出される情報にある。物体がどこにあっても、物体を誰が所有していても、情報は世界中のものである。

その土地にできれば近い場所に保管されるのが自然だ、という感覚は非常識だろうか。

2005年11月28日（月）

大陸移動説

僕が小学校で歴史を習ったとき、教科書の最初にあったのは、日本列島と中国大陸が北と南で陸続きになっていて、日本海が湖だったという昔の想像図だった。こんなふうだったので、ナウマン象などが、日本に渡ってきたのだ、と教えてもらった。そうか、日本海は湖だったのか、では淡水だったのだな、とか、そうか、ナウマン象は泳げないのだな、と考えた。

この当時は、マントルの対流で、大陸が移動する、という説（ウェゲナーだったかな）はまだ発表されていなかったのか、というと、そうではない。発表されていたが、定説として認められていなかったのだ。

大西洋を挟んで、ヨーロッパやアフリカ大陸と、南北アメリカ大陸が、どうも海岸線の凸凹具合が似ている、昔はくっついていたんじゃないのか、という発想は、なかなか凄い。こんなに大きな証拠品は（地球上においては）ちょっと例がないかもしれない。

中学校になると、最初の天皇は推古天皇だった、と教えてもらった。それを家に帰って両親に話したら、「でも、仁徳天皇陵っていうのがあるでしょう」と言われた。前方後円墳だ。話がかみ合わない。

子供番組でタイムトラベルして、戦前の日本へ行く、というテレビを見たことがあるが、そこで、その当時の人たちが「第一次大戦のあと」なんて話していたのでびっくりした。「第一次」になったのは、「第二次」が起こったからだ。

それより、大陸が移動していると、タイムトラベルして大昔へ行ったら、そこは海なんじゃないか、という不安はないのだろうか。いやいや、それどころではない。大陸よりも、地球や太陽系や銀河系の動きの方がずっと速い。地球は１秒で30kmほど動く（マッハ100くらい）。半年後には、太陽の反対側（約３億kmのかなた）にいるのだ。

2005年12月3日（土）

安全への投資

イギリスの鉄道の駅にはフェンスがない。どこからでも構内へ入れてしまう。改札がないからだ。スイスなんかも線路に柵がないところが多い。また、アルプスの風光明媚なハイウェイにはガードレールがない。そこを大きな観光バスが走り抜けていく。日本では考えられない光景だ。

事故があったとき、ガードレールがなかったからだ、と非難されるのを避けるために、もうどこにでもあの白いガードレールがあるのが日本の道。交差点にはどんどん信号をつける。横断歩道を設ける。ひと頃は歩道橋をとにかく造った。

そういった手を打っておけば、「事故になったのは、信号を無視したせいだ」「歩道橋を渡らなかったから悪い」と言える。つまり、日本における「安全」とは、自分の責任を回避するためのものであり、ようするに「行政の安全」だといえる。

物理的な安全対策は速効的であり、たしかに一時的な安全が確保される。できるかぎりのことはすべきであり、技術と資金はそのためにある、という考え方は間違ってはいない。数々の安全システムを設け、人為的ミスをカバーすれば、信頼性はアップする。唯一のデメリットは、こうした何重もの安全が生みだす安心が、しだいに人の油断を招くことである。最近の鉄道や飛行機の事故は、既にこれを実証しているだろう。

これとは逆に、ガードレールを取り付ける予算があるならば、バスの運転手の賃金を倍にすれば良い、そうすることで優秀な人材が運転手になる、また仕事に誇りを持つだろう、という考え方が、ときどき外国で観察されるものだ。装置やシステムだけでなく、人間に投資する、というこの手法が、何故日本では滅んでしまったのだろうか。

日本の犬はみんなリードを付けないと外を歩けない。危ないものは檻に入れておけば安全だ、という発想だけで、本当の安心を得られると考えているのは、まだ幼い社会だと思える。

2005年12月7日（水）

東海道と中山道

関東と関西を結ぶ道は、昔から日本の主幹路線である。このうち、関東から東海までは、現在では、鉄道ならば東海道線と中央線がある。また、自動車ならば東名高速道路と中央自動車道がある。

大昔の話をすると、たとえば、大名行列などは、中山道を通ることが多かったらしい、これは、大きな川を渡らなくても良い。つまり天候に左右されず、予定どおりに江戸に到着できる、という理由からだと聞いた。

また明治になって、国家事業として鉄道を通すことになったわけだが、このときには、海沿いでは大きな川に橋を架けるのが大変になり、山を通ればトンネル工事が大変となる。しかし、国防上の観点から、海に近い東海道は、敵の軍艦から大砲で攻撃される可能性があるために敬遠された。したがって、中央線が日本の大動脈となるべく開発が進められたのであるが、ここで男たちの前に立ちはだかったのが、碓氷（うすい）峠だ。

ここの急勾配が普通の鉄道では登りきれなかった。以後、長い間ずっと、数々の技術がこの峠に投入された。たとえば、アプト式という登坂方式だったり、あるいは電気機関車の導入だったり、電車と機関車を連結する協調運転だったり。

それでも、最後までこの難所がネックとなり、中山道はついに東海道のような発展を見なかった、といえるかも（それだけではない気もするけれど……、たとえば猿がいるとか……）。

2005年12月11日（日）

鉄道と街

鉄道の沿線には街がある、駅は街の中心で一番賑やかなところだ、といった認識は、必ずしも一般的ではない。実は、街と鉄道がややずれているところが多いし、駅も必ずしも街の中心にはない。

郊外へ行くほど、駅が街の中心になる。これは、鉄道がさきに引かれ、そのあとにできた街だからだろう。

また、名古屋のように車中心の街になると、駅というのは、駐車場が不足した場所であり、混み合って近づきにくい場所、というイメージがある。大きなショッピングセンタや映画館などは、駅の近くにはなく、車で近づきやすい場所にできる。

今では鉄道の駅が近ければ、すなわち便利が良い、と評価されるところだが、その昔は、鉄道は嫌われものだった。何故なら、煙をもうもうと吐き出す走る公害だったから。したがって、古い街では、鉄道が近所にできるとなると、住民は猛反対した。だから、旧街道や古い街からは、鉄道は外れて造られた例が多い。まさか電化するとは考えもしなかったのである。

電車に乗ったら、どれくらい線路が真っ直ぐか、をときどき気にしてみると面白い。なにもない土地にずばっと真っ直ぐ線路を通したか、あるいは既にあったものを避けながら走っているか、その順番がわかる。

2005年12月15日（木）

ローンと保険

一般論ではない。個人的意見である。

予算というものが普通あって、その中でやりくりをしなければならないのは、組織でも個人でも同じだ。借金をしてその場は切り抜けてもいずれはツケが回ってくる。

大きな買いものには、ローンを組むのが常識になっている。ローンは借金だ。しかし、誰もがしていることだから、と感覚が麻痺して、抵抗が和らぐ。親もローンを組んでいた世代だから、子供に反対をしない。

ところが、一世代まえは、大変なインフレの時代だった。たとえば、僕が子供の頃から大学生になるまでに、お金の価値はどんどん下がった。バスは10円で乗れたのに200円になった。給料は数万円だったのが数十万円になった。僕の親父は500万円の土地を買うためにローンを組んだが、その少額の支払いが終わらないうちに、その土地の値段は５億円にもなった。つまり、借金をしたものが大いに得をした時代だったのである。金は借りないと損だ、と商売人は考えていた。この風潮が今の年寄りには確実に残っている。

そもそも、個人が30年も40年もかかって借金を返済する、というのは非常に不自然なシステムである。そうまでしなければ買えないほど高い個人の買いものが存在するのも、不自然である。日本の土地は高すぎる。

なにも生産していない、銀行や保険会社、その他の組織が、立派なビルを建て、社員を沢山かかえている。それらの費用を誰が支払っているのか、を少し考えればわかると思う。

保険についても、火災保険や自動車保険などの掛け捨て以外を僕は信じていない。沢山の人が保険に勧誘され、そして年老いたときには、その保険の使い方もわからなくなり、誰も説明してくれない、自動的には支払われない、それどころか支払い元もなくなっているかもしれない。そんな事態が将来にあるのか、というと、将来ではなく今、既に身近に沢山観察される。この場合も明らかに不自然なのは、医療や介護に多額の金がかかる、というそちらの方ではあるが……。

2005年12月19日（月）

資産運用

借金のことを前回書いた。明言しなかったが、借金を僕はしない。ローンはこれまでに2回経験があって、やはり嫌なものだった。

同様に、僕は利息が好きではない。自分が仕事（生産）をしていないのに、金が増える、ということが、どうも後ろめたい。だから、定期預金などにも関心があまりない。株を含めて、それ以上に利回りの良いものがいろいろあるようだが、まったく興味がない。まあ、こんなふうでいられるのも、デフレだからか。

つまり、賭け事に近づく感覚なのが、引いてしまう理由だと考えている。銀行の利息はリスクがない、と言われるかもしれないが、ペイオフになったので、一部はそうともいっていられなくなった。そもそも、ほとんどゼロに近い金利なのだから、議論するのも馬鹿馬鹿しいが。

僕が大学生の頃は、定期預金は1年で7％近い利息があった。1億円あれば1年で700万円の利息がつくので、これで永久に食べていける、と計算したものだ。現に数々の「基金」なるものが、この原理で運用されていた。今では、元金を削っていることだろう。

そういうわけで、僕は今、預金の大半を利息がまったくゼロのものにしている。残り20％くらいは普通預金。定期は全体の1％ほどしかなくて、これはいずれも20代の頃に入れたものである。

金を増やそうと思ったら、素直に働くのが一番確実で効率が良い。

2005年12月23日（金）

都市化

エネルギィ効率や、自然環境の維持の観点からいえば、理想的な将来とは、人口をできるだけ減らし（世界で今の3分の1くらいが理想）、また、可能な限り都市に集中して暮らす、といった社会である、といわれている。おそらく、百年単位の未来とは、このようなイメージだと考えられる。

ところが、少子化を嫌う風潮が社会に存在する。どうしてかというと、税金を集める側は、働き手が多い方が良く、また社会保険制度などの観点からも、老人に対する若者の比率が高いほど都合が良いからだ。現状でも危機的な状況になっているが、そもそも、どんどん人口が増え、大勢の若者が少数の老人を支援する、という構図が永遠に続くものだと考えている点に間違いがある。まるでネズミ講ではないか。そういったことを理由に、少子化に反対するのは基本が間違っている。

少ない人口になった場合、都市に集中した方がエネルギィ効率が良く、それはすなわち、環境にも良い。都会を離れ、自然に親しむ生活は誰もが一度は夢見るシチュエーションであるけれど、しかし、大勢がそれをすることは、人類には明らかにマイナスである。田舎に住むことは、将来一種の「贅沢」になるはずだ。税金や都市計画で制限されることになるかもしれない。

実は、高層ビルが立ち並ぶ都市やＩＴこそ、地球環境維持に最も貢献するかたちといえるだろう。

2005年12月28日（水）

受信料と著作権

最初に断っておくが、NHKの受信料は口座振替で支払っている。

そもそも、この「受信料」という言葉に違和感が最初からあった。そういった意見は出なかったのだろうか。

受信することは基本的に自由な行為だ。電波法にも規定されているはず（少なくとも僕が学んだ頃の電波法にはあった）。聞こえてくる音を聞いてしまった、光っているものを見てしまった、に似ている。有線によって個々に届けられるものは別として、電波という公共のものを使っている以上、受信するだけで料金を取る、とイメージさせる言葉には抵抗がある。

受信機（テレビやチューナ）の値段に含めば良い、という議論もあるが、それならば自作した機器を使う者からは取れない。

電波の送受信のシステムに価値があるのではない。支払われるべき対象のほとんどは、電波にのったコンテンツであり、つまりは著作権なのだ。過去にはメディアとして設立するため施設に投資が必要だった時代があり、その設備投資を回収する発想があったのも頷けるが、今では、根本的なところで既にずれているように感じる。

これは、出版にもいえることだ。印刷や流通というメディアに金がかかる。本の値段のほとんどはこれに対するペイが目的だ。しかし、読者が本を買うのは、そのコンテンツに価値を見出しているからである。それは今は約10%という印税として扱われているが、技術が発展してもこのパーセンテージが変化しないのは不思議だ。また、図書館で借りて読めば無料であるが、その場合の著作権は、どう考えるべきか。本を買わなくても立ち読みしてコンテンツを得ることができるのは、明らかに著作権の侵害ではないだろうか。

資金がかかっているから金を取る、という考え方は発展途上の社会のものである。そうではなく、価値があるものを生産した行為に対して、それを享受するために対価を支払うことが自然なかたちだろう。

MORI LOG ACADEMY 1

図工

2005年10月27日（木）

絵と工作の時間

小学校のときは、図画工作、音楽、家庭科、体育といった学科があった。これらは、いわゆる学問ではなく、文化活動というか、ようするにリクリエーションの基礎、みたいなことを学ぶためにあるのだろう。そういった機会が大切だとは思う。

図工についていうと、最も問題なのは時間だろう。国語や算数と同じ時間で、絵を描いたり、工作をしたりする、という感覚が少しずれている。少なくとも、「今日は一日絵を描こう」というくらいの切換がほしい。あるいは、「今週かかって、これを作りましょう」くらいの時間配分が適当だと思う。毎週しないで、1年に1度、2週間なり、3週間かけて作ってはどうだろうか。

本当は図工に限らない。算数だって、理科だって、細切れにする意味はないのではないだろうか。ただ、頭が疲れる。体育だと、躰が疲れる。だから、あの時間割になっているのだろう。絵だけは、描いていてどこかが疲れることはない。絵を描く行為は、それくらいリラックスした作業だからだ。画家に長寿が多いのもこのためだと思う。だから、せめて図工だけは、もっとゆったりと、時間をかけた方が良いと思う。

2005年11月1日（火）

子供の感性

絵を描くことが好きで、自分一人で絵を描いて、誰にも見せない、ということが子供のときからよくあった。人に見せないのは、その絵が上手に描けたかどうかは、自分で判断ができたからだ。逆に、大人に見せても、ちゃんとした評価をしてくれない、という思いが強かった。小学校の低学年のときには、既にそうだった。たまに、ここが良い、ここが悪いとずばり的を得た指摘をしてくれる大人がいて、「あ、凄いな」とこちらが大人を評価する、という立場なのだ。思い上がった子供である。

しかし、ちゃんと見てくれる大人は、例外なく自分でも絵を描ける人だった。プロの絵描きのような人も多かった。小学校の担任は、国語も算数も教えてくれる先生で、でも絵を見てくれる先生ではない、ということは理解できた。どこにでもあるような、こぢんまりまとまった、全然つまらない絵を褒めるのだ。無難な配色で、楽しそうにしている人たちを描いた絵だけが褒められる。明らかに大人が描いてほしい絵であって、子供にしか描けない絵ではない。それは作文でも同じだったし、音楽でも同じだった、と思う。たとえば、小学生がむちゃくちゃなパンクを歌っても、褒めてもらえないのである。

大人は、空が綺麗だ、森林が美しい、花が可愛い、といった既成の平凡な価値観を子供に押しつける。子供たちは、大人に認められたい、親に褒められたい、良い子になりたい、という一心で、持っていた個性と感性を捨てていく。

動物を見たら怖いと感じる。臭いと思う。それが自然である。「ほら、可愛いね」という大人のなにげない一言、その押しつけの繰り返しが、芸術家を少数にしているのではないか。

2005年11月15日(火)

ペイントとドロー

デッサンは苦手だった。自分はラインで絵を描く習慣だったので、明暗でものを見ていないことがわかった。中学のときの美術の先生が、プロの画家だったので、デッサンを上手に教えてくれて、以来、ものを明暗で捉えられるようになった。写真に興味を持ったのも、これがきっかけだと思う。つまり、明暗で捉えるならば、写真の方が良い、と自分なりに思ったからだ。カメラのメカニズムを見ればわかるが、実に簡単な処理で実現できる。

逆に、線で描くということは、非常に高等な画像処理だ。通常は、色や明るさが変化する境界にラインを引くわけだが、実物ではそれほど劇的な変化ではない。もっと変化している部分に線を引かず、むしろ物体の存在や形状を頭脳が処理してから線を引いていることの方が多い。この画法は、歴史を見れば東洋的なセンスといえる。

ペイントとドローは、いずれが人間にとって初歩だろう? コンピュータにも(特にMacには)最初から、ペイントとドローがあった。似ているが、相容れない技法といえる。ちなみに、僕は、ペイントは左手を、ドローは右手を使っている。動いている脳が別かもしれない。

2005年12月1日(木)

上手と下手

絵というのは、練習すれば上手くなる。これはなんでも同じ。

習字でも体育でも。しかしながら、それほど練習しなくても、上手い人は最初から上手い。これも、なんにでも共通することだ。上手いとか、下手というのは、どういう状態のものを示すのか、という定義あるいは方向性は様々であるけれど、一般的にいえることは、練習によって上達する量よりも、才能による上達量の方が多く、またずっと速い。

子供は、家にいるときは、自分の絵がどれほどのレベルなのかを正確に把握していない。何故なら、両親は必ず褒めてくれる。褒めてくれない親もいるが、それでも、把握できない状況は同じである。また、もし上手に描けないとしても、それは「まだ子供だから」という言い訳で楽観的に処理される傾向が強い。つまり、経験を積めば、いずれは上手になると。

同じ年代の友達が描く絵を見る。それが同じ時間内で出来上がっていく様を見る。また自分もそれを同条件で試す。という体験によって、初めて真の自己評価が可能となる。

ただ、友達の上手い絵を見たとき、「あんなふうに僕も描きたい」と思う子と、「あ、僕には無理だ」と思う子がいる。これもつまりは、チャレンジに関する上手と下手であり、やはり練習によって培われるものではないように観察される。

2005年12月27日（火）

カラーコーディネート

複数の色の相性などをもっともらしく論じているが、そんなもの、見たらわかるだろう、という手法のこと。

もし、見てもわからない人がいたら、それはそれで、けっこうなことで、なにもしなければ良い。他人がどう感じるか、の方が気になる人は、他人に任せるか、その都度、他人の意見を聞けば良い。特に、その他人が特定の人間ならば、その当人に相談するのが正解だ。そういうのまで含めて、世間ではカラーコーディネートというのだろうか。日本語に訳すと「色の気にしい」である。

この色とこの色は絶対に組み合わせてはいけない、ということはない。そう教わった組合せが、看板やポスタや、商品のラベルには多く用いられる。むしろ目を引きたい場合に積極的に用いられている。

大事なのは、物体の表面状態によって色はかなり違って見えること。同じ塗料を吹き付けても、金属と布では違ってくる。艶とか、深みとか、色調あるいはトーンなんて言葉まで使われて表現されているが、つまり「見た目」が確実である。

類似のものに、インテリアコーディネートがある。そんなもの、見たらわかるだろう、と思うが、他人を部屋に入れて、しかもその他人が抱く印象が気になるのならば、自業自得なのでしかたがない。しかし普通、その部屋にいるのは自分なのだし、自分がどう感じるかが最も大事なファクタではないだろうか。それならば、理屈は必要ない。つまり、お店など他人のためにある空間に限られる統計的手法といえる。

あとがき

自分のホームページ「浮遊工作室」で毎日書いていた日記を2001年12月末に終了した。まえがきに書いたとおり、幻冬舎から5冊の本として出版された。これにかわって、今度は『WEBダ・ヴィンチ』で「浮遊研究室」という週刊連載を始めた。これも5冊の本になって出版された（もちろん、メディアファクトリーから）。これが2005年の2月で終わった。

また、日記をやめた効果はほかへも及び、ガレージ製作記が『アンチ・ハウス』という本になったり、庭園鉄道の製作記が『ミニチュア庭園鉄道』という3冊のシリーズ本になったりもした（いずれも中央公論新社）。さらに、ファン倶楽部会員限定ではあったが、毎日なにをしたか、だけを書いた短い日記は公開していた。これは2005年3月末で終了している。

これらすべてが一段落し、2005年は4月から半年間休暇を取って、海外に一人で住んだり、帰ってきて模型を作ったり、今度は家族をつれてまた海外へ行ったりした。

この休暇が明けた10月から、満を持してウェブ日記を再開することになった。もちろん、急に決まったことではない。1年以上もまえから予定されていたことである。今回は、初めから文庫にして、3カ月に1冊というペースで発行する。したがって、5巻で終わるとなると、15カ月でキリが悪い。今のところ、とりあえずは12巻、つまり3年間を最初の目標にしようと考えている。

そんなわけで、10月から始めた日記であるが、当初は、ブログソフトの不具合のため、自分のウェブサイトにアップするという、つまり、まえの日記と同じ形式でスタートした。幸い、1カ月で平常運行となり、現在に至っている。掲示板も11月から設置され、毎日沢山の皆さんが書き込みをしてくれるので、できるだけそれに答えている。それ以上に沢山のメールを毎日いただき、ああ書けばこう受け取られるのか、ではこう書けばどうだろう、というフィードバックもあって、以前と同じスリリングな毎日となった。

特記すべきは、まえの日記を読んでいない新しい読者の方が多い、ということ。10年も同じ作家を読み続ける人は珍しい部類である、といったら叱られるだろうけれど、まちがいなく少数だ。これは小説の読者でもまったく同じ。シリーズを通して読んでいる人は非常に少ないし、どんどん新しい読者と入れ替わっている。ということは、古い読者には「またか」と思われることでも、やはり書かなければいけないことがある、という現実だ。日々これを実感している。

ただ、一部とはいえ、ずっと読んでくれている方もいる。そういう読者にも、価値のあるもの、つまり本当に新しいものをやはり探して書いていきたいし、あるいは新しいものを見つけて読んでもらうしかない、と思う。

さて、以前の古い日記と違う点は、なるべく抽象的に書こう、というポリシィが強くなっていることだろう。世間はブログであふれている。猫も杓子も、というと聞こえは悪いが、本当に大勢の人が日記を公開している。個人の自由だし、とても素晴らしいことだと感じている。

ただし、僕は趣味で日記を書いているわけではない。これは仕事である。そうなると、やはり人とは違うものを作らなくてはならないだろう。おそらく、現代のあふれる情報の中で、何が最も欠けているのか、といえば、それは抽象的なものだ。

みんなが、具体的なことを書いている。今の僕たちの世代は、「もっと具体的にものを言いなさい」と言われ続けてきた。若者は、小論文で具体的な例を挙げて書くことを学んできた。マスコミは具体的な情報ばかり流す。これは、ひと言でいえば「豊かな」ことだ。

貧しい時代には、若者は抽象的な議論をする以外になかった。夢はどれも抽象的だった。何故なら、具体的な議論をしても、具体的な夢を描いても、現実離れしていて、虚しくなったからだ。

しかし、この豊かさゆえに、ものごとを「抽象化」する力を現代の人間は失っているように見える。それどころか、抽象とはわけのわからないものだ、と思い込んでいる。

ものごとを客観的に捉え、そこから抽象化する、それによって、普遍的な価値が見出せるのである。自分の行為や思考が、他人にも価値あるものになるためには、必ず抽象化が必要だ。

そんな考えから、今回の日記は、なるべく具体的な記述を避けるように努めている。できるだけ、固有名詞を書かないように心がけている。今のところまだまだ具体的すぎるな、というのが自己評価である。

※本書は『WEBダ・ヴィンチ』(http://web-davinci.jp) 連載の
『MORI LOG ACADEMY』2005年10月1日〜12月31日分に加筆
修正したものです。

森 博嗣 *MORI Hiroshi*

もり・ひろし●1957年愛知県生まれ。某国立大学工学部助教授職の傍ら、1996年『すべてがFになる』で第1回メフィスト賞を受賞して作家デビュー。受賞作をはじめとする「犀川・萌絵（S＆M）シリーズ」で一躍人気作家に。著書は、小説に「瀬在丸紅子（V）シリーズ」や「Gシリーズ」「スカイ・クロラシリーズ」『女王の百年密室』『四季』『探偵伯爵と僕』など、絵本に『猫の建築家』『STAR EGG 星の玉子さま』など、エッセィに「日記シリーズ」「ミニチュア庭園鉄道シリーズ」「浮遊研究室シリーズ」など多数。

ホームページ／森博嗣の浮遊工作室
http://www001.upp.so-net.ne.jp/mori/

MORI LOG ACADEMY 1
モリログ・アカデミィ 1

2006年3月21日 初版第1刷発行
2007年4月3日 第2刷発行

著者
森 博嗣

発行人
横里 隆

発行・発売
株式会社メディアファクトリー
〒104-0061
東京都中央区銀座8-4-17
Tel.0570-002-001
03-5469-4830（編集部）

印刷・製本
株式会社廣済堂

ISBN978-4-8401-1519-3 C0195